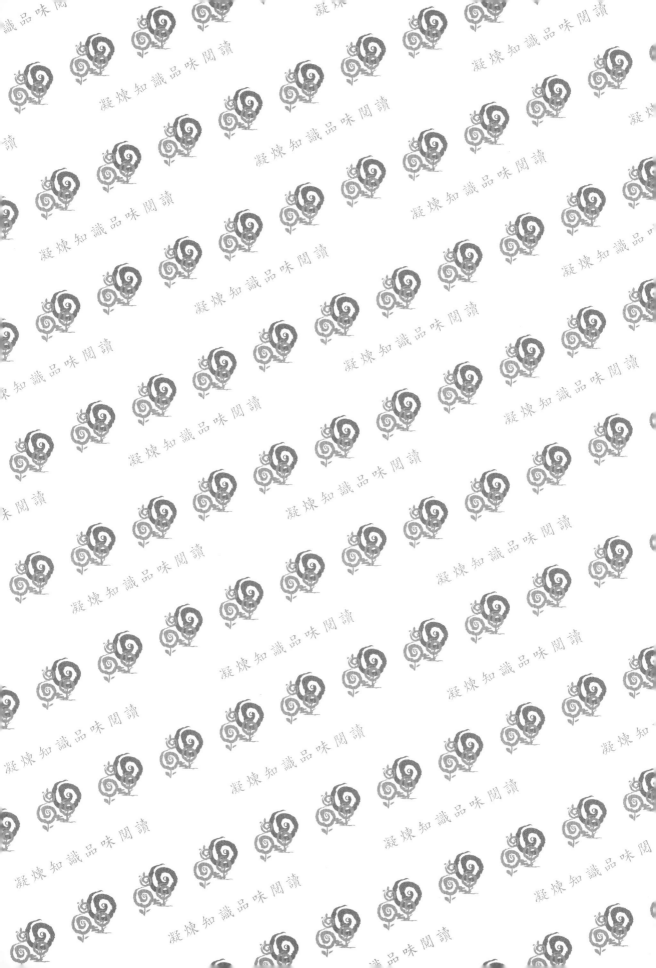

Easy to Learn Chinese

漢字300

習字本 2

楊琇惠—編著

五南圖書出版公司 印行

關於漢字300

藉著《漢字300》要再版的因緣來寫篇序文，想跟大家說說八年前（二〇一五）編輯這套書的想法，希望對於和這套書相遇的師生能有所助益。

由於我自己一直都是第一線的華語教師，所以深知華語教學的甘苦。當初正因為想教學生書寫及辨認漢字，所以找遍了市面上漢字教學的書籍，參考了數本書之後，一直沒能找到合宜的練習本，因此方才動念自己來編教材。

然而，先前學生都是依著課文來認識漢字的，離了文本，要如何教學生？要如何透過漢字習字本來增加學生的識字量？且要如何才不會落於無趣或效果不彰？此等問題都要一一考量。思索再三，最後還是決定回到「部首」，因為以部首來歸類漢字的學習，不但能讓學生辨別漢字的「部件」，更可以藉由部首來記住文字的意思，一舉多得。

有了架構之後，又思及學生若一開始就以部首來識字，會覺得無聊，會記不住。所以，在編第一冊時，就先設計了讓同學以圈選的方式來認識部首，並以「分類」的方式來帶同學認識簡單且實用的漢字。如：數字、主要代詞、大自然、季節、天氣、方位等等。期望透過同類別的日常用字來破冰，來讓外籍生覺得漢字是可親的。然後，在每個字的下面也都一一加上了「筆順」，好讓不熟悉漢字的學習者，可以經由一次次的練習來記住漢字的「書寫習慣」。最後，為了在每一個小單元後面都有個「小複習」，還特地和惠娟副總編商量，是否能加些趣味的小練習？副總編實在有心，她一想到此舉有益於學習者，二話不說，立即答應，即使畫插畫要增加成本，也在所不惜。在如此的用心之下，習字本㈠終於順利出版了，慶幸的是，也獲得了大家的肯定。

但在出第二到第四本時，我們卻遇到了瓶頸。因為單字要走深走廣，勢必要跨出日常用字，這樣就不好再以分類的方式來教學了。因此，只好回到原先構思的「部首」來編排單字的前後順序。然而，我們也知道，這樣個別單字的學習，學生必然會學得很零散，很難記住每一個字。為了解決這個問題，我們特地在每一個字下面，都放兩個「常用的詞語」，想說藉由常用詞可以讓學生學到「語用」。但後來發現，雖然如此用心，由於字與字之間沒有關聯，學生還是會出現學了就忘的問題。

其實，我原先最想做的是：在每一個單元或部首之後，都用學生學到的新單字寫一段小文章來讓同學複習。因為單字的學習還是沒辦法獨立於文本，若離了文本，就成了字典，學生是無法有效學習的。但要在每個單元後面都要編寫一篇有意思的小文章一事，還真是不容易，甚是耗時，寫了幾篇之後，只好作罷。如今回首，雖然當初沒能達到這個理想，但就教學的理念上，這樣的設計是有利學習者的。因此，誠心建議，若老師選擇此習字本讓學生練習，可以考量讓學生以所學的單字練習寫短文，如此反覆練習、加以活用，才會讓學生記住所學到的漢字。當然，日後我若想到了更好的編寫方式，一定會將習字本改版，好利於想學好漢字的外籍生。

最後，想再次誠心感謝五南出版社以及惠娟副總編多年來無條件的支持！若沒有五南和副總編的信任與協助，我腦中的華語教材根本無法出現在大家眼前。因此，至誠感謝！未來，我希望能努力修正以往的缺失，更用心地來編寫更多更好的教材，以報五南知遇之恩，並為華語教學盡一點心力。

楊琇惠　於淨心書齋

二〇二三年八月八日

目錄

一
身 體

部首

舌	口	耳	目	部首
tongue	mouth	ear	eye	意義
舌	口	耳	目	字形
舌舍舐舒舔	口台古吐吃哭	耳聊聞聚聽聲	目盯眉看眠眼	例字

身	足	心	手	部首
body	foot	heart; mind	hand	意義
身	足、⻊	心、忄、⺗	手、扌	字形
身躬躲躺軀	足跑距跳路跟	心志忍快恨恭	手打扶拜拿擊	例字

目部

盼	盲		盯
pàn	máng		dīng
to hope	blind		to stare
盼望 pànwàng to hope for	盲目 mángmù blindly	盲人 mángrén blind people	緊盯 jǐndīng to keep a close watch
丨 冂 月 月 目 目 盻 盼 盼	丶 亠 亡 亡 肓 肓 盲 盲		丨 冂 月 月 目 目 盯

眺	眸	省		相	
tiào	móu	xǐng	shěng	xiāng	xiàng
to look from a high place	the pupil	to reflect	to save	an appearance	
眺望 tiàowàng to overlook	眼眸 yǎnmóu the eye	反省 fǎnxǐng to make a self-exam-inatio	省力 shěnglì effort-saving	相反 xiāngfǎn opposite	相貌 xiàngmào appear-ances

眺 眸 省 相

睛	睹	睏	眶
jīng	dǔ	kùn	kuàng
eyeball; eye	to see	to feel sleepy	an eye socket
定睛 dìngjīng intently；眼睛 yǎnjīng an eye	目睹 mùdǔ witness	睏倦 kùnjuàn to feel sleepy	眼眶 yǎnkuāng an eye socket

瞧	瞎	瞄	睜
qiáo	xiā	miáo	zhēng
to look	to be blind	to set sight on	to open (the eyes)
瞧不起 qiáobùqǐ to look down upon	瞎子 xiāzi a blind person	瞄準 miáozhǔn to aim	睜開 zhēngkāi to open (the eyes)

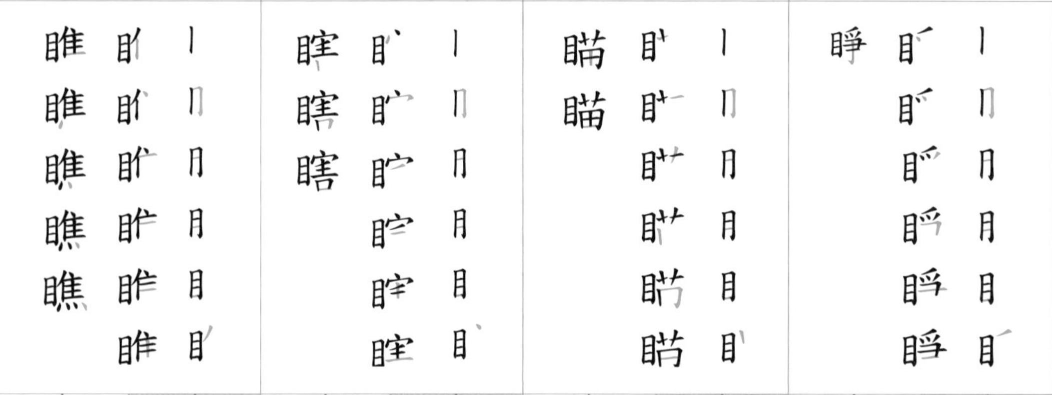

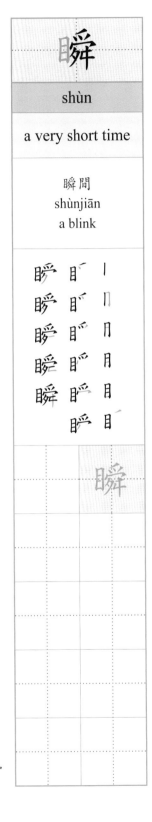

瞬

shùn

a very short time

瞬間
shùnjiān
a blink

丨 冂 月 目 目一 目𠂉 目𠂉 目爫 目爫 目⺈ 瞬 瞬 瞬 瞬 瞬 瞬 瞬 瞬

瞬

聊		耿	耶
liáo		gěng	yē
gaiety; to chat		bright	a phrase-final particle for a question; transliteration of English names
無聊 wúliáo boring	聊天 liáotiān to chat	耿直 gěngzhí honest and frank	耶穌 yēsū Jesus

聊	耿	耶

耳部

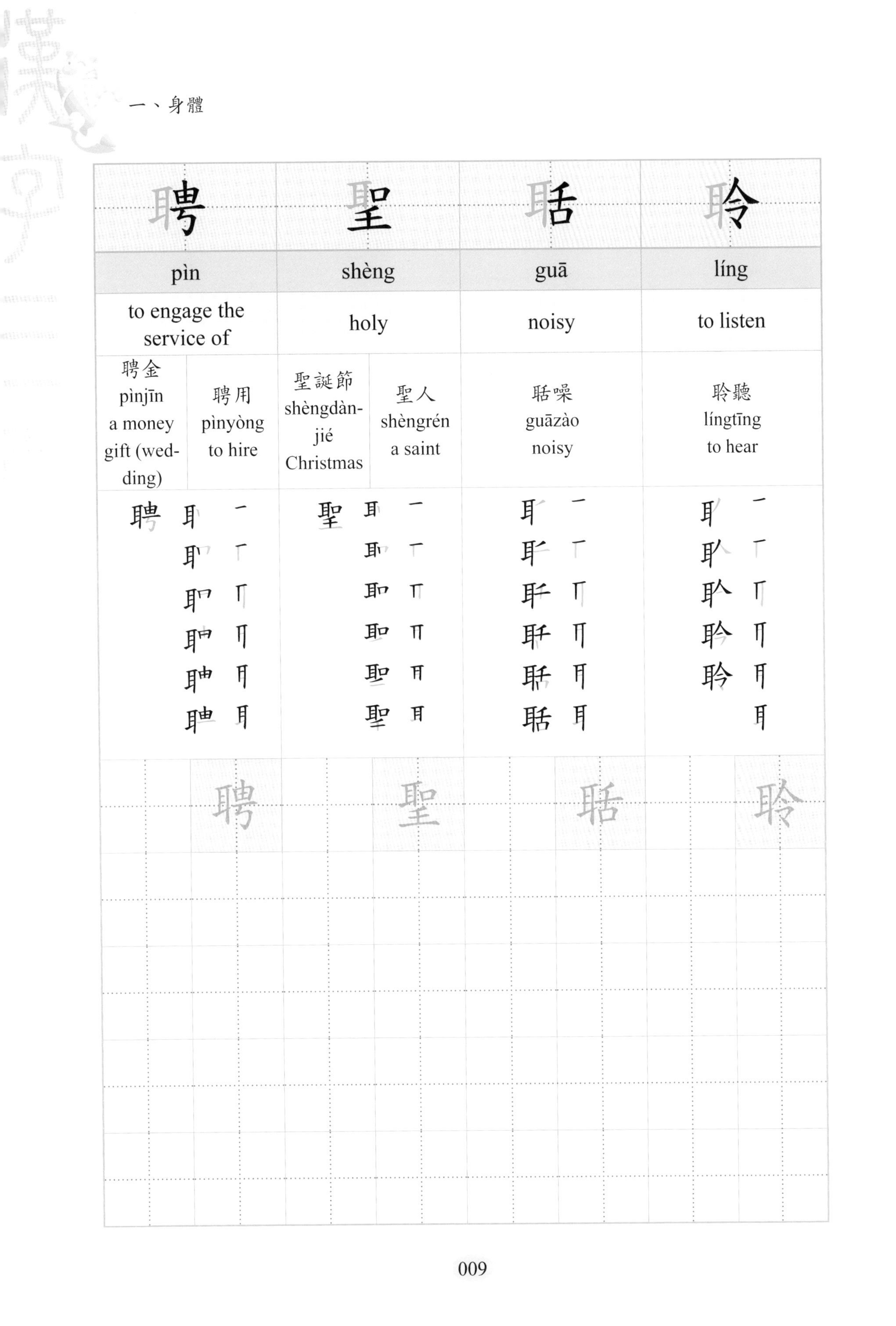

聘	聖	聒	聆
pìn	shèng	guā	líng
to engage the service of	holy	noisy	to listen
聘金 pìnjīn a money gift (wedding); 聘用 pìnyòng to hire	聖誕節 shèngdànjié Christmas; 聖人 shèngrén a saint	聒噪 guāzào noisy	聆聽 língtīng to hear

聰		聲		聯		聚	
cōng		shēng		lián		jù	
clever		sound		to ally with		to gather	
失聰 shīcōng to become deaf	聰明 cōngmíng clever; intelligent	聲明 shēngmíng a declaration	聲音 shēngyīn sound; voice	聯邦 liánbāng federation	聯手 liánshǒu to cooperate	聚會 jùhuì a meeting	聚集 jùjí to get together
一 丅 丌 丌 月 耳 耳 耳 耵 聊 聊 聊 聰 聰 聰 聰 聰		一 十 士 韦 韦 声 声 声 殸 殸 殸 殸 聲 聲 聲 聲 聲		一 丅 丌 丌 月 耳 耳 耳 耳 聯 聯 聯 聯 聯 聯 聯 聯		一 丅 丌 丌 月 耳 耳 取 取 取 聚 聚 聚 聚	
聰		聲		聯		聚	

聾	職	
lóng	zhí	
deaf	duty	
聾子 lóngzi deaf	職業 zhíyè occupation	職員 zhíyuán an employee

句		可		古	
jù		kě		gǔ	
a sentence		be worth; be able to		ancient	
句點 jùdiǎn a full stop	句子 jùzi a sentence	可貴 kěguì praisewor- thy	可以 kěyǐ can	古板 gǔbǎn stuffy	古典 gǔdiǎn classic

丿 勹 勹 句 句

一 一 丅 可 可

一 十 十 古 古

句 可 古

口部

合		同		名		史	
hé		tóng		míng		shǐ	
to combine		equal; together		reputation; a name		history	
合約 héyuē a contract	合作 hézuò coopera- tion	同等 tóngděng of the same rank	同學 tóngxué a class- mate	名聲 míngshēng reputation	名字 míngzi a name	歷史 lìshǐ history	史詩 shǐshī epic
ノ 人 亼 今 合 合		丨 冂 冂 同 同 同		ノ ク 夕 夕 名 名		丶 口 口 中 史	
合		同		名		史	

吸	君	吼	吉
xī	jūn	hǒu	jí
to suck	a monarch	to roar	auspicious
吸菸 xīyān to smoke　吸引 xīyǐn to attract	君王 jūnwáng a ruler	吼叫 hǒujiào to roar	吉祥 jíxiáng lucky
吸 丶丨口口口汲吸吸	君 フコヨヲ尹尹君	吼 丶丨口口叮吼吼	吉 一十士吉吉吉
吸	君	吼	吉

味		吻	吹		吵	
wèi		wěn	chuī		chǎo	
taste; flavor		to kiss	to blow		to quarrel; noisy	
味覺 wèijué the sense of taste	味道 wèidào a taste; a smell	親吻 qīnwěn to kiss	吹奏 chuīzòu to perform (wind instruments	吹牛 chuīniú to boast	吵架 chǎojià to quarrel	吵鬧 chǎonào an uproar
丨 ㇕ 口 口一 口二 口キ 口未 味		丨 ㇕ 口 口丿 口勹 口勺 吻	丨 ㇕ 口 口丿 口𠂊 口欠 吹		丨 ㇕ 口 口丨 口亅 口小 吵	
	味	吻		吹		吵

嚴		嚇		哈		品	
yán		hè	xià	hā		pǐn	
strict; tight		to scare		to breathe on or out		quality; to easte	
嚴禁 yánjìn to strictly forbid	嚴格 yángé strict	恐嚇 kǒnghè to threaten	嚇一跳 xiàyītiào to get shock	哈囉 hālou hello	哈欠 hāqiàn a yawn	品質 pǐnzhí quality	品味 pǐnwèi taste

嚴 嚇 哈 品

舐	舍	舌
shì	shè	shé
to lick	house	tongue

舐犢情深 shìdú-qíngshēn metaphor of parent's love	牛舍 niúshè cowshed	宿舍 sùshè dormitory	舌戰 shézhàn a verbal battle	舌頭 shétou tongue
舌 舌 舐 舐 一 二 干 干 舌 舌	仐 舍 ノ 人 人 仐 仐 舍		一 二 干 干 舌 舌	
舐	舍		舌	

舌部

舔	舒
tiǎn	shū
to lick	to stretch; comfortable

	舔食 tiǎnshí to lick food	舒展 shūzhǎn to stretch out	舒暢 shūchàng entirely free from worry

舔	舌	一	舍	丿
舔	舌	二	舍	丿
	舌	千	舍	人
	舔	千	舒	舍
	舔	舌	舒	舍
	舔	舌	舒	舍

舔	舒

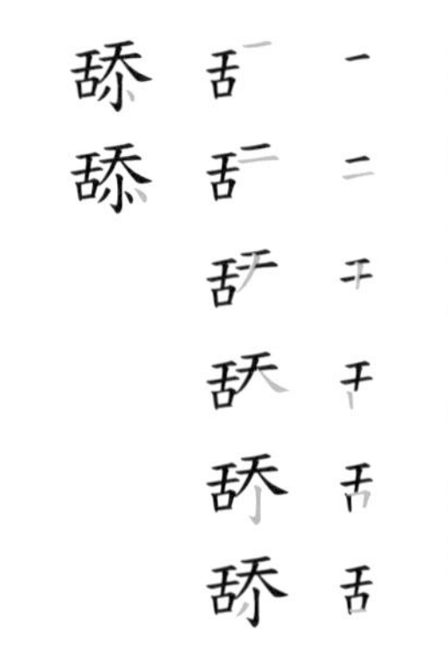

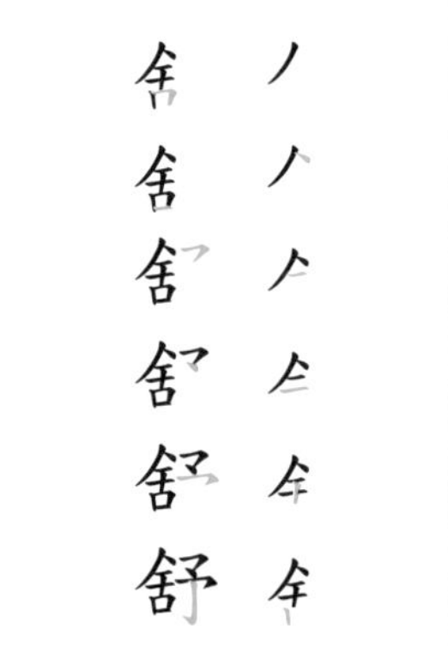

練習題

分類專家

目部

盯

耳部

舍

省

舒

味

聊

口部

舌部

聽

合

扮		扣		扔
bàn		kòu		rēng
to play the part of		to deduct; to detain		to throw
扮演 bànyǎn to play the role of	打扮 dǎbàn to dress up	扣除 kòuchú to deduct	扣留 kòuliú to detain	扔掉 rēngdiào to throw away
扮	一 十 扌 扌 扒 扮	一 十 扌 扌 扣 扣		一 十 扌 扌 扔

扮 扣 扔

手部

抗		投		扶		批	
kàng		tóu		fú		pī	
to resist		to throw		to support with the hand		a group of; to criticize	
反抗 fǎnkàng to react against	抗議 kàngyì to protest	投降 tóuxiáng to surren-der	投手 tóushǒu pitcher	扶養 fúyǎng to bring up	扶手 fúshǒu a handrail	批發 pīfā to do wholesale	批評 pīpíng to criticize

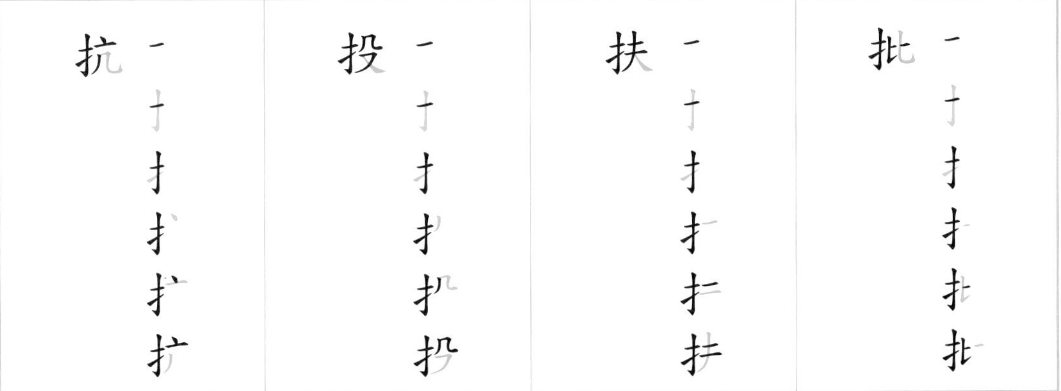

抓		找		折		技	
zhuā		zhǎo		zhé		jì	
to catch; to scratch		to look for		to fold; to discount		skill	
抓住 zhuāzhù to catch	抓癢 zhuāyǎng to scratch	找零 zhǎolíng to give change	找人 zhǎorén to look for someone	折疊 zhédié to fold	折扣 zhékòu discount	技術 jìshù technique	技能 jìnéng skill

抓　一 十 扌 扩 折

折　一 十 扌 扩 扩

找　一 十 扌 托 找

技　一 十 扌 扝 技

披		抱		拜		拔	
pī		bào		bài		bá	
to drape over		to hug		to worship		to pull out	
披薩 pīsà pizza	披風 pīfēng cloak	抱怨 bàoyuàn to com- plain	擁抱 yǒngbào to embrace	膜拜 móbài to worship	拜訪 bàifǎng to visit	拔河 báhé a tug of war	拔牙 báyá to extract a tooth
一 十 扌 扌 扩 扩 扩 披		一 十 扌 扌 扚 扚 扚 抱		一 二 三 手 手 手 手 手 拜		一 十 扌 扌 扌 扌 拔 拔	
	披		抱		拜		拔

掃		掌		拳	招	
sǎo	sào	zhǎng		quán	zhāo	
to sweep		palm		fist	to recruit; shop sigh	
掃興 sǎoxìng to feel dis-appointed	掃把 sàobǎ broom	掌管 zhǎngguǎn to be in charge of	手掌 shǒuzhǎng palm	拳頭 quántou fist	招收 zhāomù to recruit	招牌 zhāopái signboard

擊		搶		插
jí		qiǎng		chā
to hit; to strike		to rub		to insert
攻擊 gōngjí to attack	擊敗 jíbài to defeat	搶眼 qiǎngyǎn eye-catching	搶劫 qiǎngjié to rub	插頭 chātóu a plug

心部

忌		忙		必	
jì		máng		bì	
jealous; to avoid		busy		necessarily	
忌妒 jìdù to envy	禁忌 jìnjì taboo	匆忙 cōngmáng hurriedly	忙碌 mánglù busy	必須 bìxū must	必定 bìdìng to be certainly
忌	㇇ ㇇ 己 己 忌 忌	丶 忄 忄 忄 忙 忙		丶 心 心 心 必	
	忌		忙		必

忽	念	忍	志
hū	niàn	rěn	zhì
sudden; to neglect	to think of; to read	to endure	ambition; will

		念舊				
忽略 hūlüè to ignore	忽然 hūrán suddenly	niànjiù to remember old things	念書 niànshū to study	忍耐 rěnnài to bear	志向 zhìxiàng aspirations	志工 zhìgōng volunteer

忽忽	ノ ク ケ 勿 勿 勿	念念	ノ 人 入 今 今 念	忍	フ 刀 刀 刃 忍 忍	志	一 十 士 志 志
	忽		念		忍		志

性	急	怖	忠
xìng	jí	bù	zhōng
gender; nature	urgent	to fear	loyal

性別 xìngbié gender	性格 xìnggé character	急診室 jízhěn shì emergency room	急件 jíjiàn an urgent dispatch or message	恐怖 kǒngbù horror	忠心 zhōngxīn loyalty
性 性	丶 丨 忄 忄 忄	急 急 急	丿 勹 刍 刍 刍	怖 怖	丶 丨 忄 忄 怖	忠 忠	丶 口 口 中 忠

性	急	怖	忠

悔	恥		息		恭
huǐ	chǐ		xí		gōng
to regret	shame; humiliation		breath; rest		respectful
後悔 hòuhuǐ to regret	羞恥 xiūchǐ shame	恥笑 chǐxiào to ridicule	窒息 zhìxí stifle	休息 xiūxí to rest	恭喜 gōngxǐ congratulations
丶 丷 忄 忄 忙 忙 忙 悔 悔 悔	一 丆 丌 丌 耳 耳 耳 恥 恥 恥		丿 亻 白 白 自 自 自 息 息 息		一 十 廾 共 共 共 共 恭 恭 恭

惜		情		悶		患	
xí		qíng		mèn	mēn	huàn	
to cherish		sicuation; sentiment		bored	stuffy	misery; infected	
珍惜 zhēnxí to cherish	可惜 kěxí pity	情況 qíngkuàng situation	情人 qíngrén lover	悶悶不樂 mènmèn-bùlè depressed	悶熱 mēnrè muggy	禍患 huòhuàn disaster	患者 huànzhě patient
丶 丨丨 忄 忄一 忄十 忄廾 忄卄 忄昔 惜 惜 惜		丶 丨丨 忄 忄一 忄= 忄丰 忄主 忄青 情 情 情		丨 ㄏ 尸 戶 戶丨 門 門 門 門 悶 悶 悶		丶 冖 口 口 吕 吕 吕 串 患 患 患	
	惜		情		悶		患

慶	慕	感	惱
qìng	mù	gǎn	nǎo
to celebrate	to admire	to feel	annoyed
慶祝 qìngzhù to celebrate	羨慕 xiànmù to envy 仰慕 yǎngmù to admire	感冒 gǎnmào to catch a cold 感謝 gǎnxiè to be grate-ful	煩惱 fánnǎo worry

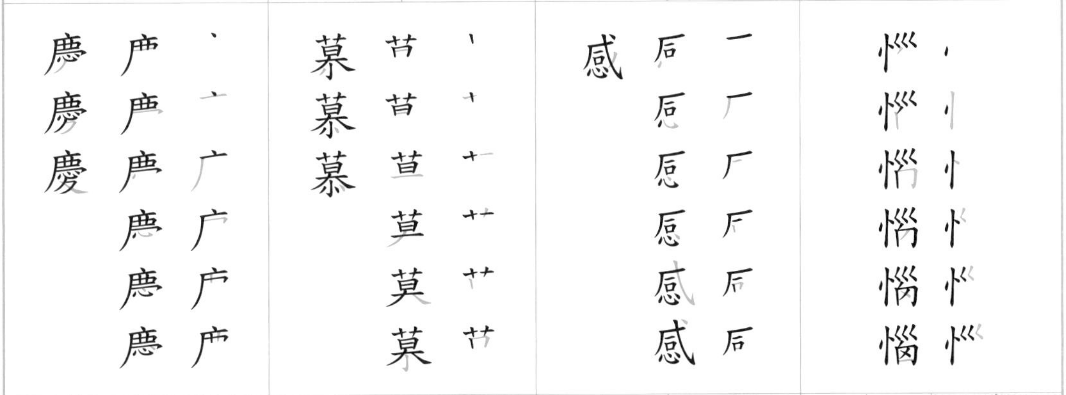

慶 慕 感 惱

足部

趾	趴	足
zhǐ	pā	zú
toes	to lie prone	foot; as much as
趾高氣昂 zhǐgāo-qiáng arrogant	軟趴趴 ruǎnpāpā weak	足球 zúqiú soccer
腳趾 jiǎozhǐ a toe	趴下 pāxià to fall flat	足夠 zúgòu enough

路	距	跌	跛
lù	jù	dié	bǒ
a route	distance	to fall down	lame
馬路 mǎlù a road; 路人 lùrén a passerby	差距 chājù a gap; 距離 jùlí distance	下跌 xiàdié to slide; 跌倒 diédǎo to fall down	跛子 bǒzi a cripple

踏		跨	跪		跟	
tà		kuà	guì		gēn	
to step on		across	to kneel		to follow; the heel	
腳踏實地 jiǎotà-shídi to get one's feet back on the ground	踏青 tàqīng to go to country-side	跨越 kuàyuè to go across	跪拜 guìbài to worship	跪下 guìxià to kneel	跟隨 gēnsuí to follow	腳跟 jiǎogēn the heel
	踏	跨		跪		跟

躍	蹤		踢		踩	
yuè	zōng		tī		cǎi	
to leap	tracks		踢		to step on	
跳躍 tiàoyuè to jump	行蹤 xíngzōng tracks	跟蹤 gēnzōng to trail	踢踏舞 tītàwǔ a tap dance	踢球 tīqiú to kick the ball	踩點 cǎidiǎn to survey	踩到 cǎidào to step on

蹈	
dào	
to tread; to step	
重蹈覆轍 chóng dào-fùchè to repeat a failure	舞蹈 wŭdào a dance

躲		躬	身	
duǒ		gōng	shēn	
to hide		to bend the body	body	
躲藏 duǒcáng to hide	閃躲 shǎnduǒ to evade	鞠躬 júgōng to bow	身體 shēntǐ body	身高 shēngāo height of a person
′ ′ 门 门 自 自 身 身 身 躲 躲 躲 躲		′ ′ 门 门 自 自 身 身 躬 躬	′ ′ 门 门 自 自 身	
躲		躬	身	

軀	躺
qū	tǎng
body	to lie down
軀幹 qūgàn body	躺下 tǎngxià to lie down
′ … 身 … 軀	′ … 身 … 躺

練習題

分類專家

手部

投

抱

心部

志

忍

踢

身部

躲

足部

距

躺

二

自然㈠

部首

部首	意義	字形	例字
金	metal; gold	金	金釘針鈴銀錯
木	wood	木	木本末杯校槍
土	soil; earth	土	土地在坐堆堅
火	fire	火、灬	火灰災炭烈照

部首	意義	字形	例字
水	water	水、氵	水永汁汗池泉
日	sun	日	日早明春時曆
月	moon	月	月有服朋期望

金部

釣	針		釘	
diào	zhēn		dìng	dīng
to fish	needle		nail	
釣竿 diàogān fishing pole	針對 zhēnduì to be aimed at	打針 dǎzhēn to make an injection	釘書機 dìngshūjī stapler	釘子 dīngzi nail

鈴	鈔	鈍	釦
líng	chāo	dùn	kòu
bell	paper money	blunt	buttons
門鈴 ménlíng doorbell 鈴鐺 língdāng bell	鈔票 chāopiào bill	遲鈍 chídùn obtus	釦子 kòuzi buttons

鋪		銀		銅	鉛
pū	pù	yín		tóng	qiān
to build	shop	silver		copper	lead
鋪設 pūshè to build	店鋪 diànpù shop	銀河 yínhé the galaxy	銀色 yínsè silver	銅板 tóngbǎn coin	鉛筆 qiānbǐ pencil

鋪 銀 銅 鉛

錄	銳	銷	鋒
lù	ruì	xiāo	fēng
to record; to accept	sharp	to market; to cancel	the cutting edge of a sword
錄音 lùyīn to record；錄取 lùqǔw to enroll	銳利 ruìlì sharp	銷售 xiāoshòu to sell；銷毀 xiāohuǐ to destroy by burning or melting	鋒利 fēnglì sharp；刀鋒 dāofēng the edge of a knife

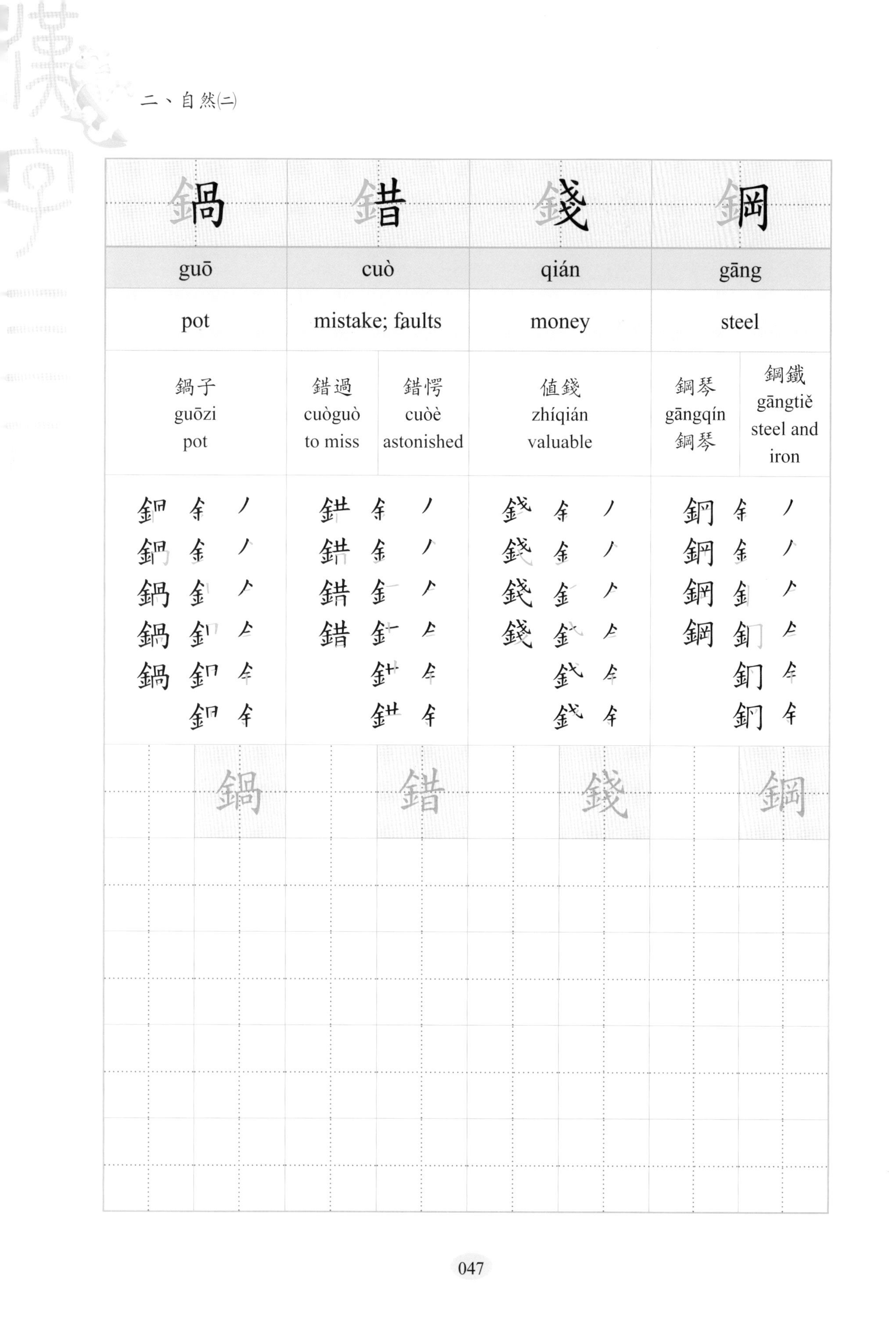

鍋	錯		錢	鋼	
guō	cuò		qián	gāng	
pot	mistake; faults		money	steel	
鍋子 guōzi pot	錯過 cuòguò to miss	錯愕 cuòè astonished	值錢 zhíqián valuable	鋼琴 gāngqín 鋼琴	鋼鐵 gāngtiě steel and iron

鍋 錯 錢 鋼

未	末	本
wèi	mò	běn
not yet	end	origin; measure word

尚未 shàngwèi not yet	未來 wèilái future	末日 mòrì doom	本部 běnbù central de- partment	本土 běntǔ local

未	末	本
一 二 三 丰 未	一 二 三 丰 末	一 十 才 木 本

未	末	本

木部

枕	杯		村	材	
zhěn	bēi		cūn	cái	
pillow	cup; measure word		village	material	timber
枕頭 zhěntou pillow	杯葛 bēigě to boycott	杯子 bēizi cup	村子 cūnzi village	材料 cáiliào material	木材 mùcái wood; trmber
一 十 十 才 木 木 杧 枕	一 十 十 才 木 木 杆 杯		一 十 十 才 木 木 村	一 十 十 才 木 木 材	
枕	杯		村	材	

校		核		查		枉	
jiào	xiào	hé		chá		wǎng	
school	to proofread	core		to check; to examine		to wrong; in vane	
學校 xuéxiào school	校正 jiàozhèng to adjust	核能 hénéng nuclear energy	核心 héxīn core	檢查 jiǎnchá to check	查詢 cháxún to look up	冤枉 yuānwǎng to do some-one an injustice	枉費 wǎngfèi to waste
杧 杧 校 校	一 十 才 木 木 杧	杧 核 核 核	一 十 才 木 木 杧	杳 杳 查	一 十 才 木 木 杏	杆 枉	一 十 才 木 木 杠
	校		核		查		枉

槍	椅	梳	桌
qiāng	yǐ	shū	zhuō
gun	chair	comb	table
手槍 shǒuqiāng handgun	椅子 yǐzi chair	梳子 shūzi comb	桌球 zhuōqiú table tennis 桌子 zhuōzi table
一 十 才 木 朩 朩 朩 朩 柃 柃 柃 柃 槍 槍	一 十 才 木 木 朩 朩 朩 杢 椅 椅 椅	一 十 才 木 木 朩 朩 朩 梳 梳	丨 ⺊ ⺊ 占 占 占 卓 卓 桌 桌
槍	椅	梳	桌

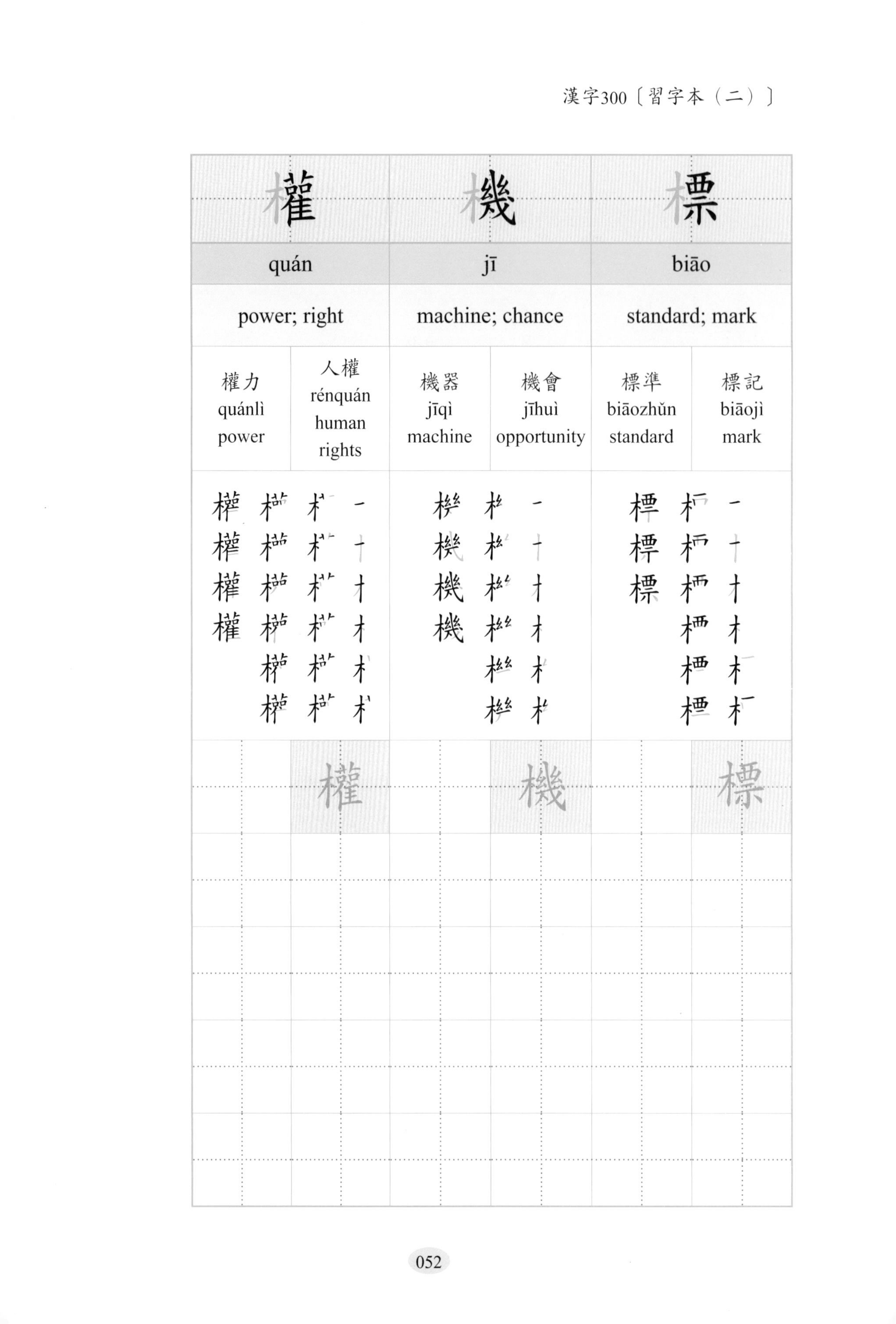

權		機		標	
quán		jī		biāo	
power; right		machine; chance		standard; mark	
權力 quánlì power	人權 rénquán human rights	機器 jīqì machine	機會 jīhuì opportunity	標準 biāozhǔn standard	標記 biāojì mark

權 機 標

練習題

看圖連連看

枕頭　桌子　梳子

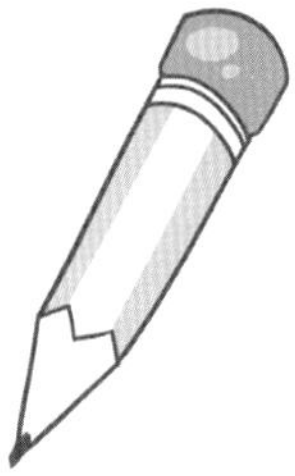

鈔票　鉛筆　鋼琴

土部

均		坑		坎
jūn		kēng		kǎn
equal		pit; to framed		ridge
平均 píngjūn equally	均衡 jūnhéng balance	坑道 kēngdào tunnel	坑騙 kēngpiàn to defraud	坎坷 kǎnkě rough; rugged
均 一 十 土 圴 均		坑 一 十 土		坎 一 十 土
均		坑		坎

型	垃	坡	坐
xíng	lè	pō	zuò
model	rubbish	slope	to sit
型錄 xínglù catalog; 型號 xínghào model; type	垃圾 lèsè garbage	山坡 shānpō hillside	坐牢 zuòláo to be imprisoned; 坐下 zuòxià to sit down
一 二 千 开 开 刑 刑 型 型	一 十 土 圵 圹 圹 坊 垃	一 十 土 圵 圹 圹 坡 坡	丿 人 人 从 丛 坐 坐

基		堆		埋		城	
jī		duī		mán	mái	chéng	
foundation		pile		to blame	to bury	city wall	
基地 jīdì base of operations	基本 jīběn basic	堆積 duījī to pile up	堆肥 duīféi compost	埋怨 mányuàn to complain	埋葬 máizàng to bury	城堡 chéngbǎo castle	城市 chéngshì city

寒	填	塔	堅
sè sāi	tián	tǎ	jiān
to stuff	to fill up	tower	hard; resolute

阻塞 zǔsè to block	塞車 sāichē traffic jam	填充 tiánchōng to stuff; to fill	金字塔 jīnzìtǎ pyramid	堅硬 jiānyìng hard and solid	堅持 jiānchí to insist on

寒	宀 丶 丶 丷 宀 宀 宀	填	圹 坮 坮 埍 填 填	一 十 十 土 圹 圹	塔	圹 圹 坮 埣 埣 塔	一 十 十 圹 圹	堅	臣 臤 臤 堅 堅	一 ー T 玎 玎 玎

塞		填		塔		堅	

壞	壓	增	塵
huài	yā	zēng	chén
bad	to press	to increase; to add	dust

壞處 huàichù disadvantage	壞人 huàirén evil man	壓抑 yāyì to constrain	壓力 yālì pressure	增進 zēngjìn to promote	增加 zēngjiā to increase	灰塵 huīchén dust

壞	壞	坏	一	厭	厝	一	增	圹	一	鹿	庐	丶
	壞	坏	十	厭	厝	厂	增	坮	十	塵	庐	一
	壞	坏	土	厭	厝	厂	增	坮	土		庐	广
	壞	坏	圹	厭	厝	厂		坮	圹		庐	广
	壞	坏	圹	厭	厝	厂		增	圹		鹿	庐
	壞	坏	圹		厝	厂		增	圹		鹿	庐

	壞		壓		增		塵

炒	災		灼
chǎo	zāi		zhuó
to stir-fry	disaster		to scorch
炒菜 chǎocài to stir-fry	災區 zāiqū disaster area	災民 zāimín victims of a natural disaster	灼傷 zhuóshāng burn
炒 、 炒 丶 丷 火 炒 炒	災 丶 丶 巜 巛 巛 災		灼 、 丶 丷 火 灼
炒	災		灼

火部

烈	炸		炭	炎
liè	zhá	zhà	tàn	yán
fierce	to fly	to explode	charcoal	flame
熱烈 rèliè enthusiastic；烈日 lièrì the burning sun	油炸 yóuzhá to deep-fry	炸彈 zhàdàn bomb	木炭 mùtàn charcoal	發炎 fāyán inflammation；炎熱 yánrè hot
一 丆 歹 歹 歺 列 列 列 烈 烈	丶 丷 丷 火 火 火 炸 炸 炸		丨 山 山 山 屵 屵 炭 炭 炭	丶 丷 丷 火 火 火 炎 炎

烈 炸 炭 炎

煩	焦	烏	烤
fán	jiāo	wū	kǎo
to be annoyed	scorched	black; a kind of bird	to roast; to bake
麻煩 máfán troublesome; 煩悶 fánmèn unhappy	燒焦 shāojiāo to burn; 焦點 jiāodiǎn focal point	烏雲 wūyún black clouds; 烏鴉 wūyā crow	烤麵包 kǎo miànbāo to bake bread; 烤肉 kǎoròu barbecue
丶 丷 火 火 灯 灯 灯 灯 炉 炘 炘 煩	丿 亻 亻 亻 仹 仹 隹 隹 隹 隹 焦 焦	丿 亻 户 户 白 烏 烏 烏 烏 烏	丶 丷 火 火 灯 灶 灶 灶 烤 烤

燈		熟		煙		照	
dēng		shú		yān		zhào	
light		familiar; ripe		smoke		to shine on	
電燈 diàndēng lamp	燈塔 dēngtǎ lighthouse	熟人 shúrén acquain-tance	熟睡 shúshuì deeply asleep	煙囪 yāncōng chimney	煙火 yānhuǒ firework	照顧 zhàogù to take care	照相 zhàoxiàng to take photos

爛		爆	
làn		bào	
rotten		to explode	
爛醉 lànzuì dead drunk	爛泥 lànní mud	爆米花 bàomǐhuā popcorn	爆炸 bàozhà to explode

汗		汁	永	
hán	hàn	zhī	yǒng	
sweat	a title	juice	always	
可汗 kèhán khagan	汗水 hànshuǐ sweat	果汁 guǒzhī juice	永遠 yǒngyuǎn forever	永恆 yǒnghéng eternal
丶 丶 氵 氵一 氵二 汗		丶 丶 氵 氵一 汁	丶 ㇇ ㇇ 丿 永	

汗 汁 永

水部

泡	汽	決	池
pào	qì	jué	chí
bubbles; to soak	steam	to decide	pond
泡影 pàoyǐng visionary hope; 泡麵 pàomiàn instant noodles	汽水 qìshuǐ soda; 汽車 qìchē car	決心 juéxīn determination; 決定 juédìng decision	電池 diànchí battery; 池塘 chítáng pond
丶 丶 氵 氵 氵 泃 泃 泡	丶 丶 氵 氵 氵 氵 汽	丶 丶 氵 氵 氵 江 決	丶 丶 氵 氵 氵 池

泡 汽 決 池

注	治	泉	法
zhù	zhì	quán	fǎ
to pour	manage	springs	law; method
注射 zhùshè to inject 注意 zhùyì to pay attention to	治病 zhìbìng to cure 治安 zhìān public security	溫泉 wēnquán hot spring 泉水 quánshuǐ springs	法律 fǎlǜ law 方法 fāngfǎ method
丶 丶 氵 氵 氵 氵 汴 注	丶 丶 氵 氵 氵 氵 治 治	丿 亻 白 白 白 白 皁 皁 泉	丶 丶 氵 氵 汁 汢 法 法

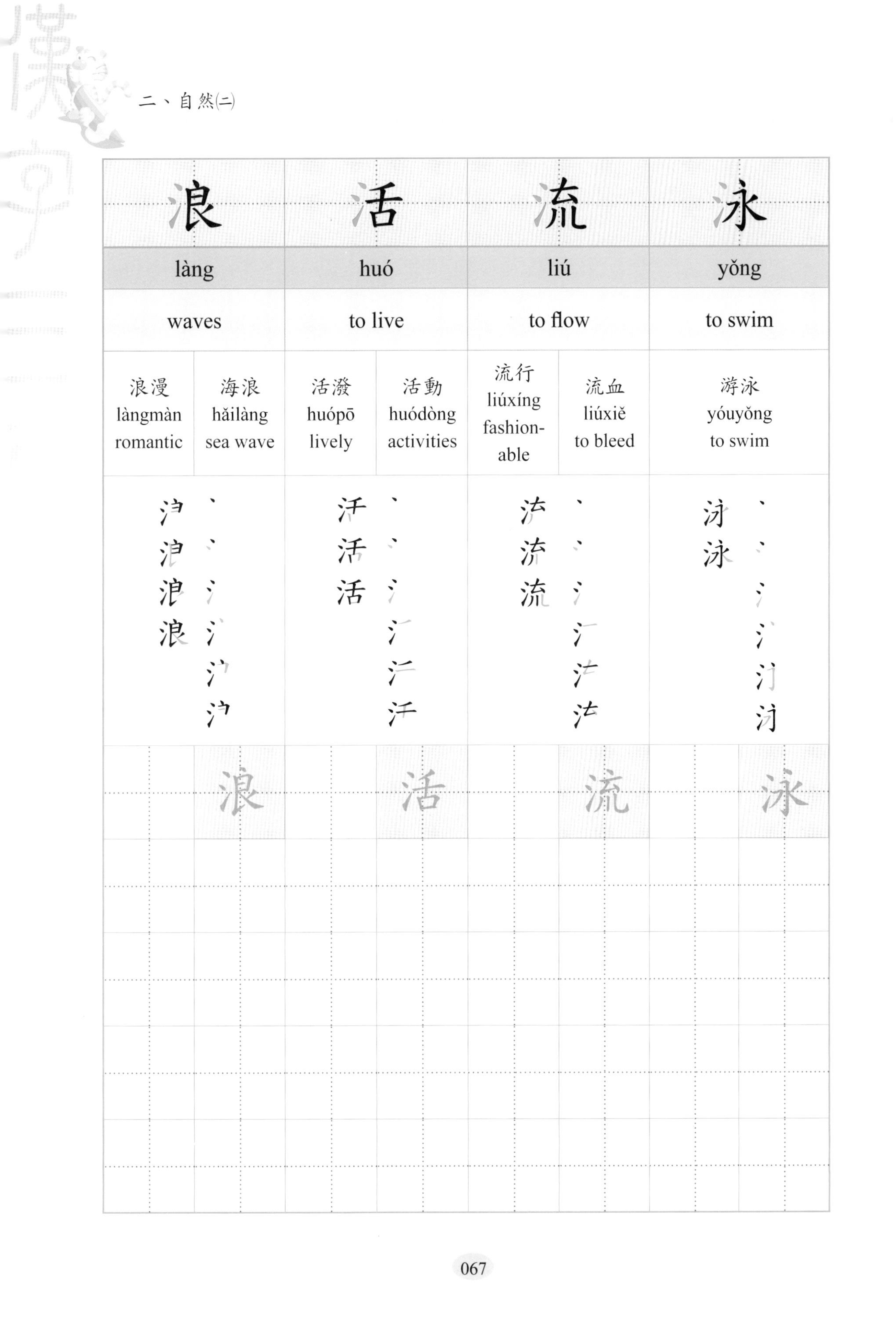

浪		活		流		泳
làng		huó		liú		yǒng
waves		to live		to flow		to swim
浪漫 làngmàn romantic	海浪 hǎilàng sea wave	活潑 huópō lively	活動 huódòng activities	流行 liúxíng fashion-able	流血 liúxiě to bleed	游泳 yóuyǒng to swim

淨	涼	淚	消
jìng	liáng	lèi	xiāo
clean	desolate; cool	tears	to eliminate

Character	Word	Pinyin	Meaning
淨	淨重	jìngzhòng	net weight
淨	乾淨	gānjìng	clean
涼	荒涼	huāngliáng	desolate
涼	涼快	liángkuài	cool
淚	眼淚	yǎnlèi	tears
消	消毒	xiāodú	to disinfect
消	消化	xiāohuà	to digest

二、自然⑵

澡	渴	深	
zǎo	kě	shēn	
bath	thirst	deep	
洗澡 xǐzǎo to take a bath	渴望 kěwàng to be dying for some-thinng	深情 shēnqíng a deep feeling	深入 shēnrù to go deep into

澡 氵 丶	氵 丶	氵 丶
澡 氵 丶	氵 丶	氵 丶
澡 氵 氵	氵 氵	氵 氵
澡 氵 氵	渴 氵	深 氵
氵 氵	渴 氵	深 氵
氵 氵	渴	深

澡　　渴　　深

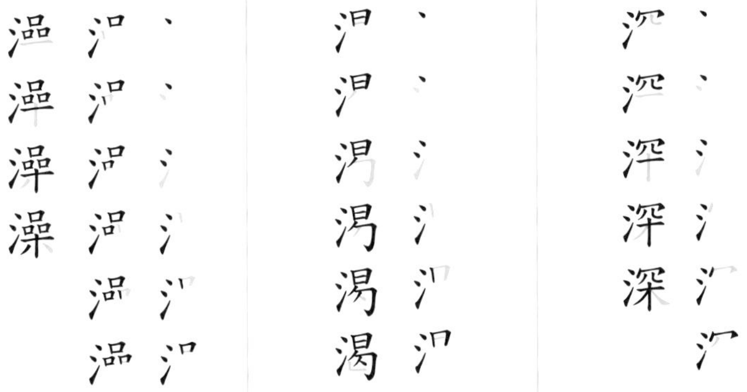

練習題

看圖連連看

城堡　金字塔　果汁

汽車　爆米花　炸彈

昏	旱	早
hūn	hàn	zǎo
dusk; to faint	drought	morning; early
昏倒 hūndǎo to faint 黃昏 huánghūn dusk	旱季 hànjì dry season	早飯 zǎofàn breakfast 早上 zǎoshang morning
昏 昏 一 𠂆 𠂆 氏 氏 昏	旱 丨 ㄇ ㄇ 日 日 旦	丨 ㄇ ㄇ 日 日 旦 早
昏	旱	早

日部

旺	易	昂	昔
wàng	yì	áng	xí
prosperous	easy; to change	high; soaring	former times

興旺 xīngwàng prosperous	旺季 wàngjì the busy season	容易 róngyì easy	貿易 màoyì trade	昂貴 ángguì expensive	昂首 ángshǒu raise one's head	昔日 xírì in former days	

旺 旺	丨 丨 刀 日 旺 旺	昮 易	丶 冂 口 日 日 月	昂 昂	丶 冂 口 日 日 日	昔 昔	一 十 卄 昔 昔

	旺		易		昂		昔

晚		時		晃		昨
wǎn		shí		huàng	huǎng	zuó
night; late		time		to dazzle	dazzle	yesterday
晚輩 wǎnbèi junior generation	晚上 wǎnshang night	時差 shíchā jet lag	時間 shíjiān time	搖晃 yáohuàng to waver	一晃 yīhuǎng flash	昨天 zuótiān yesterday

晚	時	晃	昨

暑	智	景	普
shǔ	zhì	jǐng	pǔ
summer	wisdom	view; sight	general
暑假 shǔjià summer vacation	智慧 zhìhuì wisdom / 智商 zhìshāng IQ	景色 jǐngsè scenery / 景氣 jǐngqì prosperity	普通 pǔtōng common / 普及 pǔjí available to all
丨 冂 日 日 旦 早 早 早 暑 暑 暑 暑	ノ 𠂉 𠂉 午 矢 矢 知 知 知 智 智 智	丨 冂 日 日 旦 早 早 景 景 景 景 景	丶 丷 䒑 䒑 並 並 並 並 並 普 普 普
暑	智	景	普

曉	暫	暴		暗	
xiǎo	zhàn	bào		àn	
dawn	temporary	sudden and violent		dark	
破曉 pòxiǎo dawn	暫時 zhànshí temporary	暴君 bàojūn tyrant	暴力 bàolì violence	暗殺 ànshā to assassi- nate	暗示 ànshì to hint

曉 暫 暴 暗

月部

望		朗		朋
wàng		lǎng		péng
to look afar		bright; clear		friend
探望 tànwàng to visit	希望 xīwàng hope	明朗 mínglǎng bright	晴朗 qínglǎng cloudless	朋友 péngyǒu friend

望 朗 朋

矇	朝		期	
méng	cháo	zhāo	qí	
ignorant	turn towards	morning	to expect; a period of time	
矇矓 ménglóng drowsy	朝聖 cháoshèng pilgrimage	朝會 zhāohuì morning meeting	期待 qídài to expect	期刊 qíkān periodical
丨 冂 月 目 目 目 目 目 目 目 目 目 矇 矇 矇 矇 矇 矇 矇	一 十 十 古 古 古 直 卓 卓 朝 朝 朝		一 十 卄 卄 甘 甘 其 其 其 期 期 期	

矇 朝 期

練習題

拼音連連看

朋

期　易

朝　昏　暗

三

自然㈡

部首

部首	山	田	石	風
意義	mountain	farmland	stone	wind
字形	山	田	石	風
例字	山岔岸岩峰崩	田甲男界留異	石砍研破硬磨	風颱颳飄飆

部首	雨	禾	艸	竹
意義	rain	grain	grass	bamboo
字形	雨	禾	艹	⺮
例字	雨雪雲電零震	禿秀私科秋移	芒芬花芽苗苦	竹笑笨符第筆

岩	岸	岔
yán	àn	chà
rock	coast	fork in a road or river
岩漿 yánjiāng magma 岩石 yánshí rock	海岸 hǎiàn coast	岔路 chàlù forked road 岔子 chàzi trouble; accident

岩 岸 岔

山部

崩	峽	島	峰
bēng	xiá	dǎo	fēng
to collapse; to slide	gorge	island	peak
崩潰 bēngkuì to collapse; to crash 山崩 shānbēng landslide	峽谷 xiágǔ gorge	島嶼 dǎoyǔ island 島國 dǎoguó island country	高峰 gāofēng high peak 山峰 shānfēng mountain peak
丨 山 山 屵 岸 岸 崩 崩 崩 崩 崩	丿 亻 白 白 白 白 鳥 島 島 島	丨 山 山 山 山 山 峽 峽 峽 峽	丨 山 山 山 山 山 峰 峰 峰 峰

崩 峽 島 峰

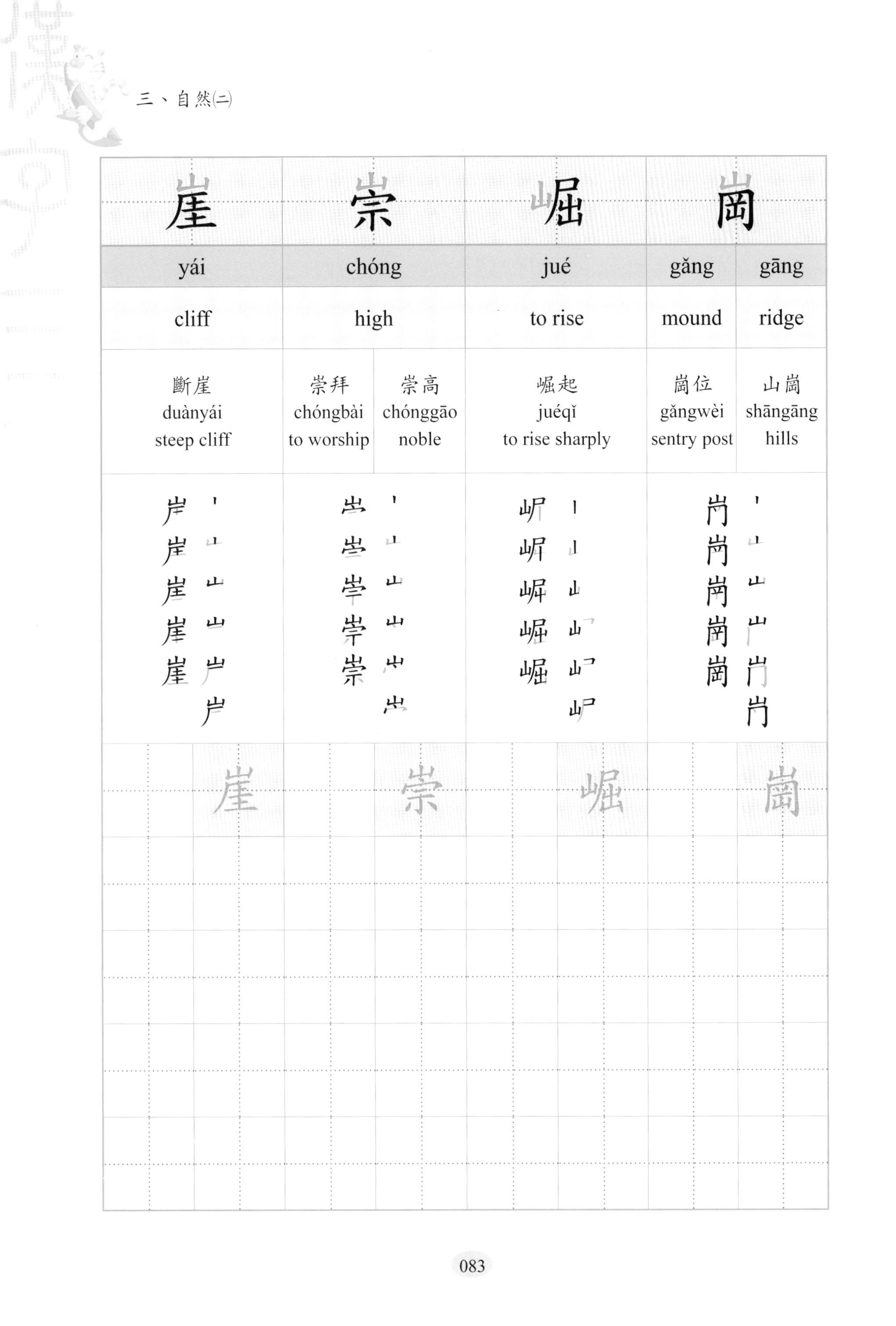

崖	崇		崛	崗	
yái	chóng		jué	gǎng	gāng
cliff	high		to rise	mound	ridge
斷崖 duànyái steep cliff	崇拜 chóngbài to worship	崇高 chónggāo noble	崛起 juéqǐ to rise sharply	崗位 gǎngwèi sentry post	山崗 shāngāng hills

界	申	甲
jiè	shēn	jiă
boundary	to state; to explain	number one; armor
世界 shìjiè the world / 界線 jièxiàn side line	申請 shēnqǐng to apply for / 申報 shēnbào to report	甲板 jiăbăn deck / 盔甲 kuījiă armor
丨 𠃍 口 日 田 田 界 界 界	丨 𠃍 口 日 申	丨 𠃍 口 日 甲

界 申 甲

田部

畢		畜		留		畏	
bì		chù	xù	liú		wèi	
whole; completely		livestock	to keeper	to stay; to remain		to fear; to respect	
畢生 bìshēng whole life	畢業 bìyè to graduate	家畜 jiāchù livestock	畜牧 xùmù animal husbandry	留言 lǐúyán to leave a message	留下 liúxià to keep; to stay	敬畏 jìngwèi to hold in awe	畏縮 wèisuō to flinch

畫		番		異		略	
huà		fān		yì		lüè	
to draw; to paint		to take turns; barbarians		different		slightly; plan	
畫圖 huàtú to draw	畫家 huàjiā painter	輪番 lúnfān to take turns	番薯 fānshǔ sweet potato	奇異 qíyì strange	異性 yìxìng opposite sex	略微 lüèwéi slightly	戰略 zhànlüè strategy

畫 番 異 略

石部

砸	破		研	
zá	pò		yán	
to pound	broken; damaged		to grind; to study	
搞砸 gǎozá failure; loss	破產 pòchǎn broken	破碎 pòsuì to come to pieces	研磨 yánmó to grind	研究 yánjiù to research

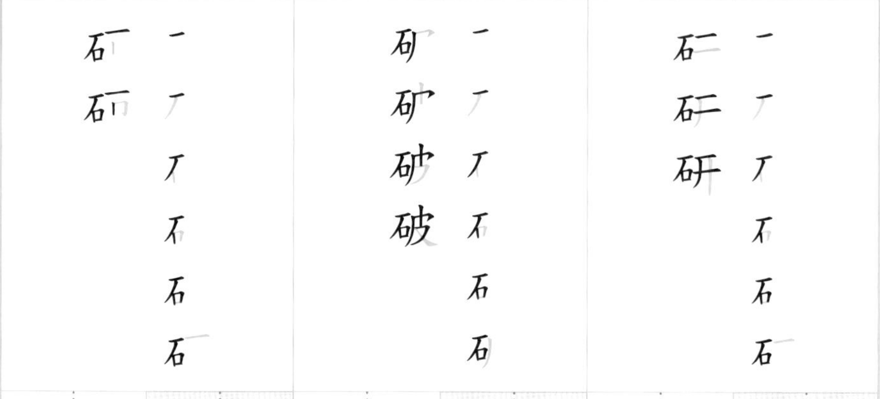

砸 破 研

碟	碧	碰	硬
dié	bì	pèng	yìng
small dish; plate	bluish green	to bump; to touch	hard
冷碟 lěngdié cold dish; 光碟 guāngdié CD	璧玉 bìyù jade	碰撞 pèng-zhuàng to run into; 碰頭 pèngtóu to meet	硬朗 yìnglǎng in very good health; 硬度 yìngdù hardness

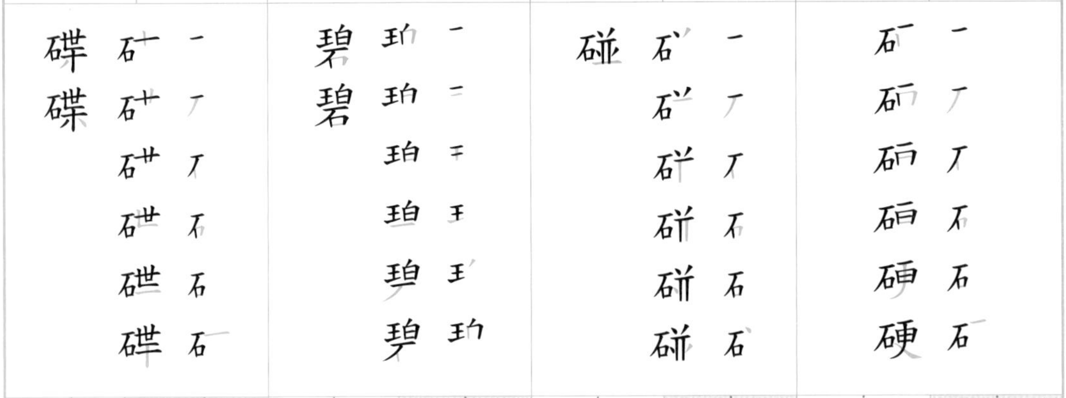

磚	磨		確		磁
zhuān	mó	mò	què		cí
brick	to grind	to rub	true; real		magnet
磚頭 zhuāntóu brick	磨練 móliàn to steel oneself	磨坊 mòfāng gristmill	確保 quèbǎo to ensure	確定 quèdìng to ascer- tain	磁鐵 cítiě magnet

磚	石	一	磨	庐	丶	確	石	一	磁	矿	一
磚	石	一	磨	庐	丶	確	石	一	磁	矿	一
磚	矿	厂	磨	庐	广	確	矿	厂		矿	厂
磚	矿	丆	磨	庥	广		矿	丆		磁	丆
	砷	石		麻	广		石	石		磁	石
	砷	石		麻	庁		砂	石		磁	石

磚	磨	確	磁

礦	礙
kuàng	ài
mineral	to obstruct
礦泉水 kuàng quánshuǐ mineral water；礦工 kuànggōng minework-er	障礙 zhàngài obstacle
一 厂 丆 石 石 石` 石ˋ 矿 矿 矿 矿 矿 矿 碎 碎 碎 礦 礦 礦 礦	一 丆 丆 石 石 石 石ˊ 矿 砼 砼 砼 砼 碍 碍 碍 碍 碍 碍 礙

填空高手

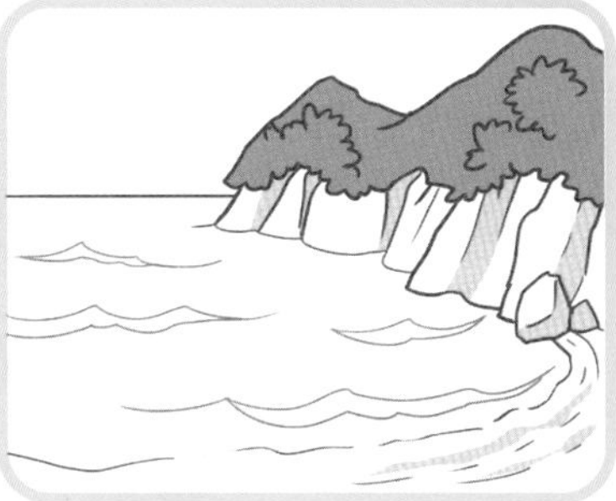

海______

盔______

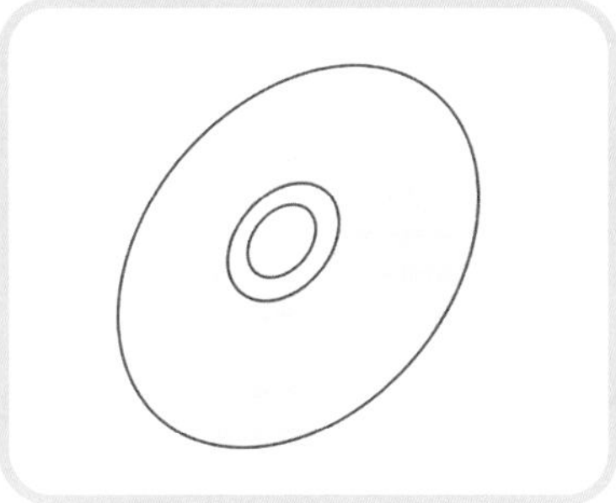

光______

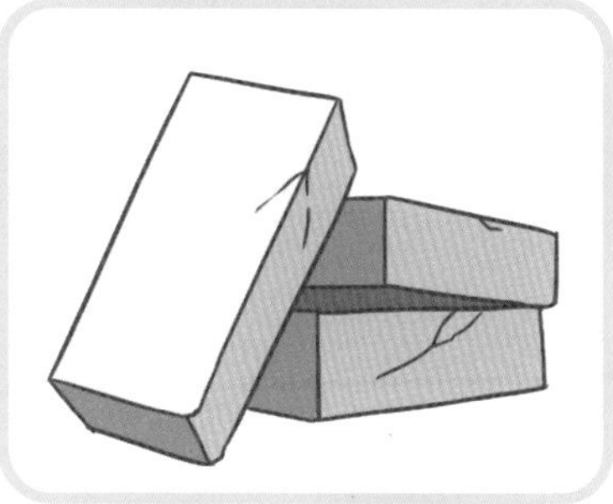

______頭

______家

______石

颼	颳	颱
sōu	guā	tái
the swishing sound of a fast-flying object	to blow	typhoon
冷颼颼 lěngsōusōu chilling	颳風 guāfēng wind blowing	颱風 táifēng typhoon
丿 几 凡 凡 凡 凨 風 風 風 風 風 風 颼 颼 颼 颼 颼 颼 颼	丿 几 凡 凡 凡 凨 風 風 風 風 風 颳 颳 颳	丿 几 凡 凡 凡 凨 風 風 風 風 風 颱 颱

風部

飆	飄	
biāo	piāo	
violent winds	to float	
飆車 biāochē drag racing	飄零 piāolíng falling and withering	飄散 piāosàn to float in the air
飆 飆 犬 一 飆 飆 犬 一 飆 飆 犬 十 飆 犬 大 飆 犬 犬 飆 犬 犬	飄 飄 西 一 飄 飄 西 一 飄 票 一 飄 票 丙 飄 票 西 飄 票 西	
飆	飄	

雨部

震	需	雹
zhèn	xū	báo
to shake	need	hail
地震 dìzhèn earthquake; 震怒 zhènnù to be in a rage	需求 xūqiú demand	冰雹 bīngbáo hail

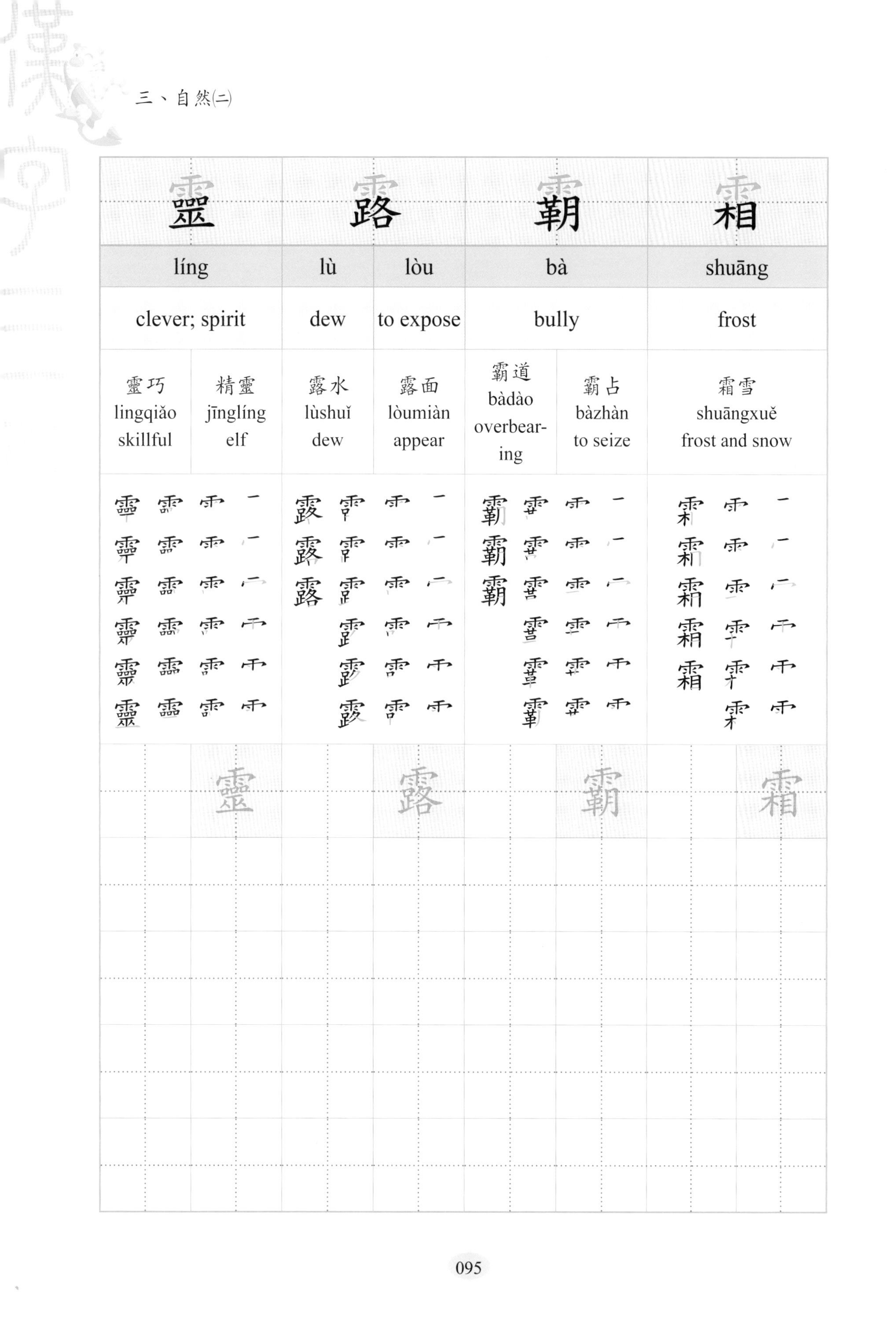

靈		露		霸		霜
líng		lù	lòu	bà		shuāng
clever; spirit		dew	to expose	bully		frost
靈巧 lingqiǎo skillful	精靈 jīnglíng elf	露水 lùshuǐ dew	露面 lòumiàn appear	霸道 bàdào overbear- ing	霸占 bàzhàn to seize	霜雪 shuāngxuě frost and snow

靈 露 霸 霜

練習題

拼音連連看

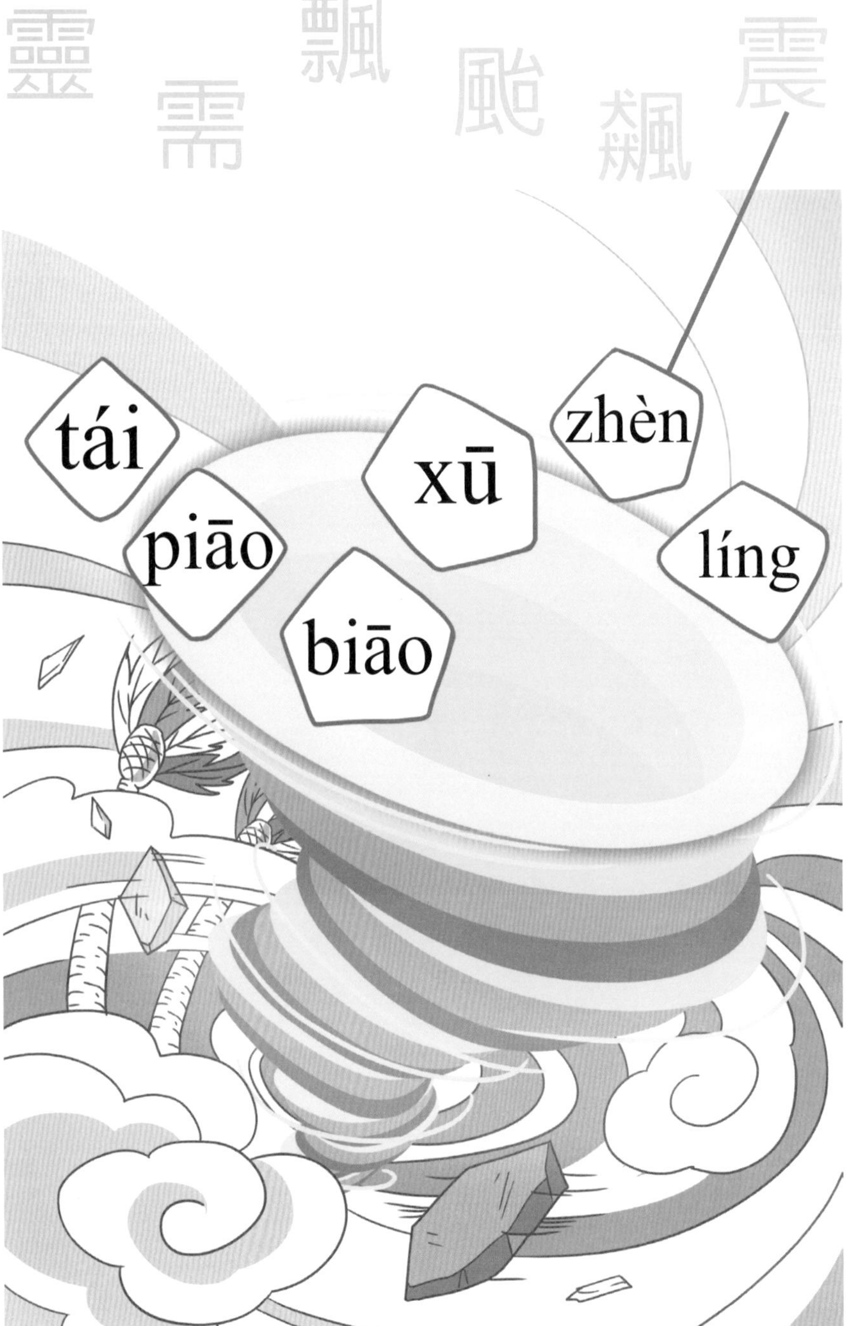

私		秀		禿
sī		xiù		tū
private; personal		beautiful		bald
自私 zìsī selfish	私人 sīrén personal	優秀 yōuxiù outstanding	秀氣 xiùqì graceful	禿頭 tūtóu bald
私	丿 ㇒ 二 千 禾 禾	秀	丿 ㇒ 二 千 禾 禾	禿	丿 ㇒ 二 千 禾 禾

私 秀 禿

租	秩	科	秒
zū	zhì	kē	miǎo
to rent	order; rank	academic branch	second
租約 zūyuē lease；租金 zūjīn rental	秩序 zhìxù order；官秩 guānzhì afficial post and salary grade	科學 kēxué science；科目 kēmù course	秒針 miǎozhēn a second hand of a timepiece
一 二 千 千 禾 利 和 和 相 租	一 二 千 千 禾 禾 秆 秆 秩 秩	一 二 千 千 禾 禾 秆 秆 科	一 二 千 千 禾 利 利 秒
租	秩	科	秒

稅	程	稀	移
shuì	chéng	xī	yí
tax	rules; regulations	rare	to move
免稅 miǎnshuì tax-free	課程 kèchéng curriculum 程度 chéngdù degree	稀奇 xīqí unusual and seldom seen 稀少 xīshǎo rare	移動 yídòng to move 移民 yímín immigrant

稅 程 稀 移

積		稿		稻	種	
jī		gǎo		dào	zhǒng	zhòng
to accumulate		manuscript		rice	seed	to plant
積極 jījí positive	積木 jīmù brick	稿費 gǎofèi payment for a writer's work	稿子 gǎozi manuscript	稻草 dàocǎo straw	種子 zhǒngzǐ seed	種田 zhòngtián to do farm work

積 稿 稻 種

草部

芝	芬	芒
zhī	fēn	máng
fragrant herb	sweet smell	awn
芝麻 zhīmá sesame	芬芳 fēnfāng fragrant	芒果 mángguǒ mango

莽		荒		茫	苗	
mǎng		huāng		máng	miáo	
weedy		famine		indistinct	seedling	
莽撞 mǎng zhuàng crude and impetuous	莽原 mǎngyuán a kind of poisonous shrub	荒謬 huāngmiù ridiculous	荒地 huāngdì wasteland	茫然 mángrán blank	苗條 miáotiáo slender	樹苗 shùmiáo sapling

莽 荒 茫 苗

菌		華		萌		莊	
jùn		huá		méng		zhuāng	
bacteria; mushroom		Chinese; flourishing		to bud		village; solemn	
細菌 xìjùn bacteria	菌類 jùnlèi fungus	華麗 huálì gorgeous	華人 huárén Chinaman	萌芽 méngyá to bud	萌生 méngshēng to con- ceive	莊稼 zhuāngjià crops	莊重 zhuāng zhòng serious

菌 華 萌 莊

蓮	蒸	蓋	落
lián	zhēng	gài	luò
lotus	to steam	to cover; to build	to fall; to drop
蓮花 liánhuā lotus	蒸汽 zhēngqì steam	蓋子 gàizi a cover; a lid 蓋房子 gàifángzi to build a house	落葉 luòyè fallen leaf 落伍 luòwǔ to fall behind

蔬

shū

vegetables; greens

蔬菜
shūcài
vegetables

丶 丶 十 艹 艹 艹 艹 艹 茳 茳 茳 茳 蔬 蔬 蔬

蔬

竹部

符	笨	竹
fú	bèn	zhú
symbol	foolish	bamboo
符合 fúhé to fit；符咒 fúzhòu spell	笨重 bènzhòng heavy；笨拙 bènzhuó clumsy	竹竿 zhúgān bamboo pole

符　笨　竹

管	策	等	答
guǎn	cè	děng	dá
tube; to manage	plan	grade; to wait	to answer; to respond
水管 shuǐguǎn tube; 管理 guǎnlǐ to manage	策略 cèlüè tactic	等級 děngjí rank; 等候 děnghòu to wait	答謝 dáxiè to appreciate; 答案 dáàn answer

簡	箱	範	算
jiǎn	xiāng	fàn	suàn
bamboo slip; simple	box	model	to calculate
書簡 shūjiǎn letters 簡單 jiǎndān simple	箱子 xiāngzi box	範圍 fànwéi range 範本 fànběn model	算式 suànshì equation

籃	簽	
lán	qiān	
basket	to sign	
籃球 lánqiú basketball	簽證 qiānzhèng visa	簽名 qiānmíng to sign

練習題

填空高手

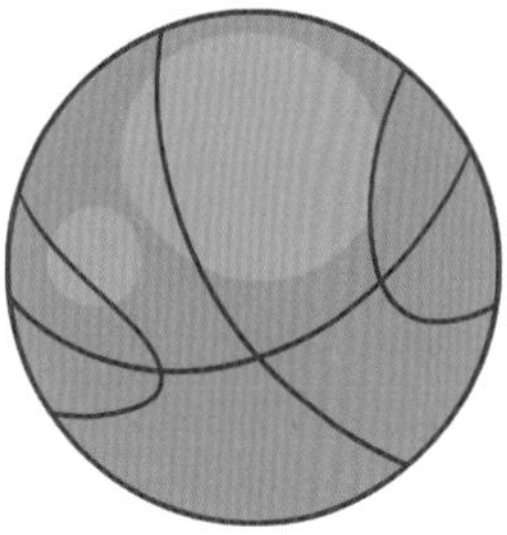

＿球

樹＿

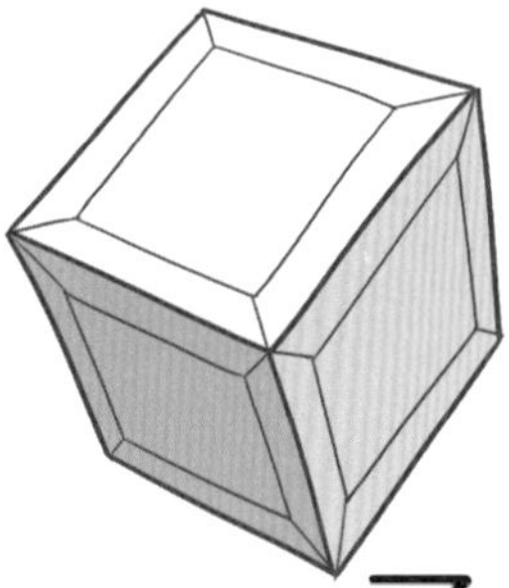

＿子

＿菜

＿田

＿頭

四

生物

部首

部首	犬	牛	虫	魚
意義	dog	cattle	bug; worms	fish
字形	犬、犭	牛、牜	虫	魚
例字	犬犯狂狀狗狐	牛牢牧物特牽	虹蚌蚤蛋蛇蟲	魚魯鮮鮪鯊鯨

部首	馬	人	羊	鬼
意義	horse	human; people	sheep; lamb	ghost
字形	馬	人、亻	羊、𦍌、⺶	鬼
例字	馬馴馳駁騙騎	人介今仿住借	羊美羞善群義	鬼魁魂魄魅魔

四、生物

部首	鳥
意義	bird
字形	鳥
例字	鳥鳴鳳鴉鴨鷹

狀	狂	犯
zhuàng	kuáng	fàn
shape; state	crazy	to violate
凸狀 túzhuàng convex; 狀況 zhuàngkuàng condition	狂妄 kuángwàng pretentious	犯罪 fànzuì to commit a crime; 犯人 fànrén convict

犬部

狼		狡		狠	狐	
láng		jiǎo		hěn	hú	
wolf		cunning		cruel	fox	
野狼 yěláng wolf	狼狽 lángbèi highly embarrassed	狡詐 jiǎozhà crafty	狡猾 jiǎohuá cunning	狠毒 hěndú vicious	狐疑 húyí suspicion	狐狸 húlí fox

獨	獎	猜	猛
dú	jiǎng	cāi	měng
single	to reward	to guess	fierce
獨特 dú tè distinctive；獨立 dú lì independent	獎勵 jiǎnglì to reward；獎品 jiǎngpǐn prize	猜想 cāixiǎng to guess	猛獸 měngshòu beast；猛然 měngrán suddenly

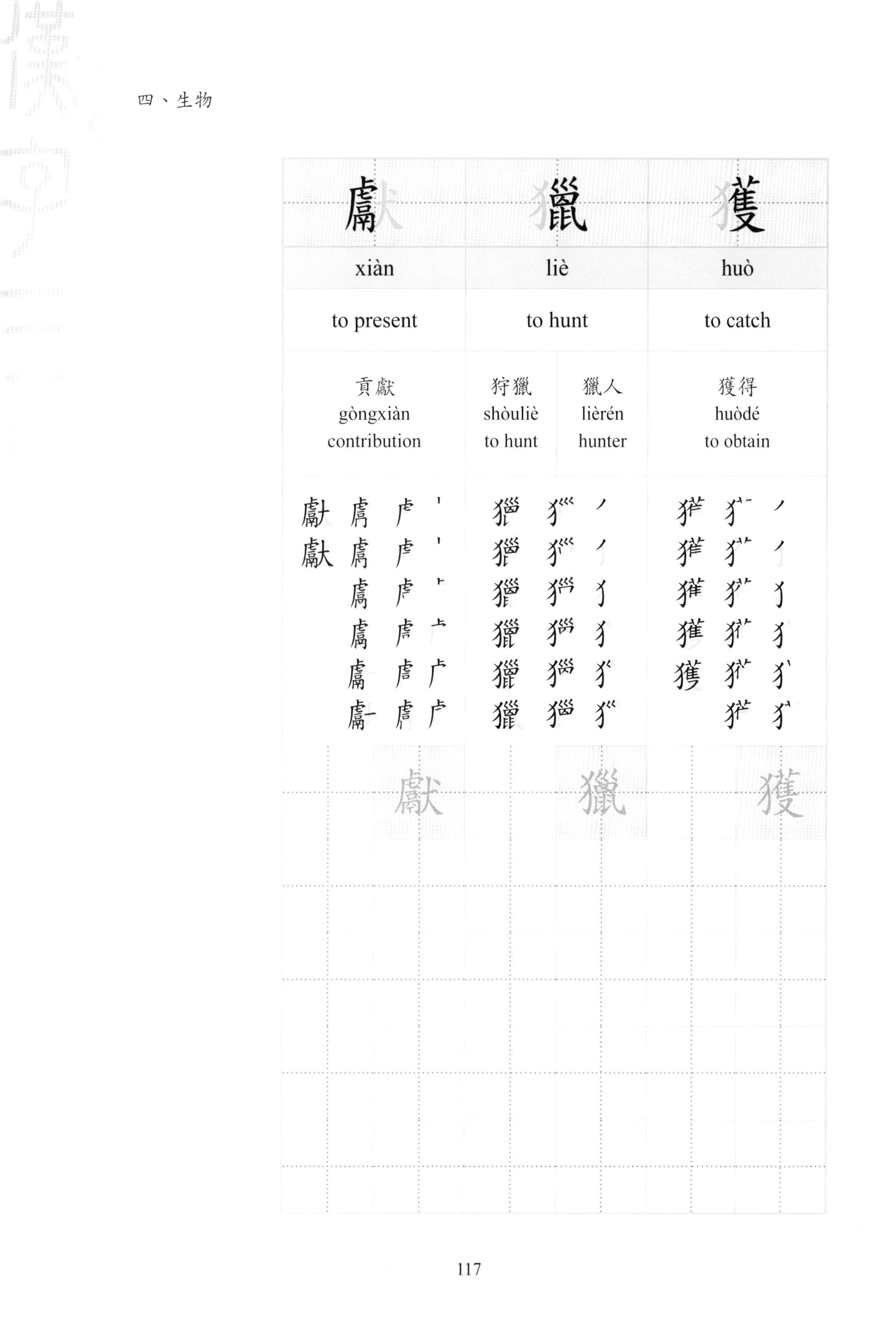

獻	獵		獲
xiàn	liè		huò
to present	to hunt		to catch
貢獻 gòngxiàn contribution	狩獵 shòuliè to hunt	獵人 lièrén hunter	獲得 huòdé to obtain

物	牧	牢
wù	mù	láo
things	to herd	prison; firm
物種 wùzhǒng species; 物品 wùpǐn goods	牧場 mù chǎng pasture; 牧草 mùcǎo herbage	牢房 láofáng jail; 牢固 láogù firm
丿 𠂉 ⺧ 牛 牜 牞 牞 物	丿 𠂉 ⺧ 牛 牜 牜 牧 牧	丶 丷 冖 宀 宀 宀 牢

牛部

牽	犁	特	牲
qiān	lí	tè	shēng
to pull along	plough	unusual	livestock

牽手 qiānshǒu to hold hand	牽引 qiānyǐn to drag	犁田 lítián to till land	特定 tèdìng specific	特別 tèbié special	犧牲 xīshēng to sacrifice

| 玄
离
离
牽
牽 | 丶
亠
二
玄
玄 | 利
利
利
犁
犁 | 一
二
干
千
禾
禾 | 牛
牛
特
特 | 丿
二
牛
牛
牛 | 牛
牛
牲 | 丿
二
牛
牛
牛 |

牽	犁	特	牲

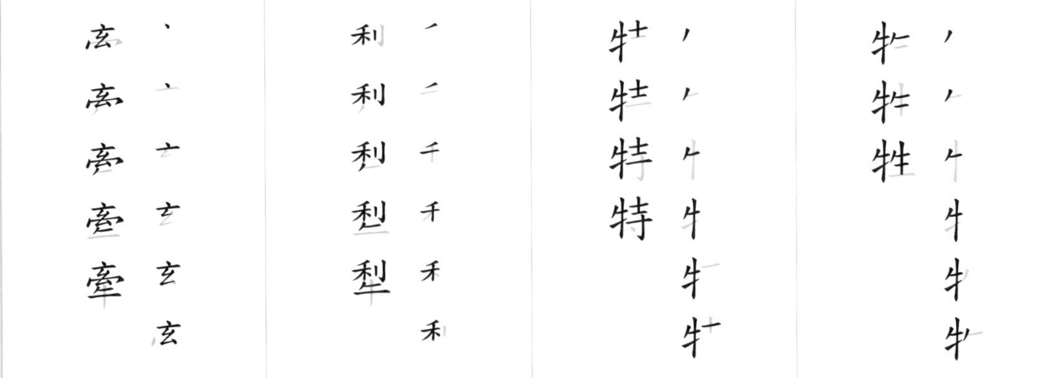

犒	犀
kào	xī
to reward	rhinoceros
犒賞 kàoshǎng to reward	犀牛 xīniú rhinoceros

犒 犒	牜 牜 牜 牜 犒 犒	＇ ＂ ゲ 牛 牛 牛	犀 犀 犀 犀 犀	一 コ 尸 尸 尸 尸

	犒		犀

虫部

蛋		蚊	蚌
dàn		wén	bàng
egg		mosquito	clam
搗蛋 dǎodàn to make trouble	蛋糕 dàngāo cake	蚊子 wénzi mosquito	蚌殼 bàngké clam
一 乛 丆 丆 疋 疋 疋 疍 疍 蛋 蛋		丨 口 口 口 中 虫 虫 虫 虫 蚊	丨 口 口 口 中 虫 虫 虫 虫 蚌

蛋 蚊 蚌

蝴	蜜		蛛	蛀
hú	mì		zhū	zhù
butterfly	honey		spider	to bore
蝴蝶 húdié butterfly	蜜蜂 mìfēng bee	蜜月 mìyuè honey moon	蜘蛛 zhīzhū spider	蛀牙 zhùyá decayed tooth
丶 口 口 中 虫 虫 虫 虫 虫 蚪 蚪 蛄 蛄 蝴 蝴 蝴	丶 丷 宀 宀 宓 宓 宓 宻 密 密 蜜 蜜		丶 口 口 中 虫 虫 虫 虫 蚱 蚱 蛛	丶 口 口 中 虫 虫 虫 虫 蛀 蛀

	蝴				蜜				蛛				蛀		

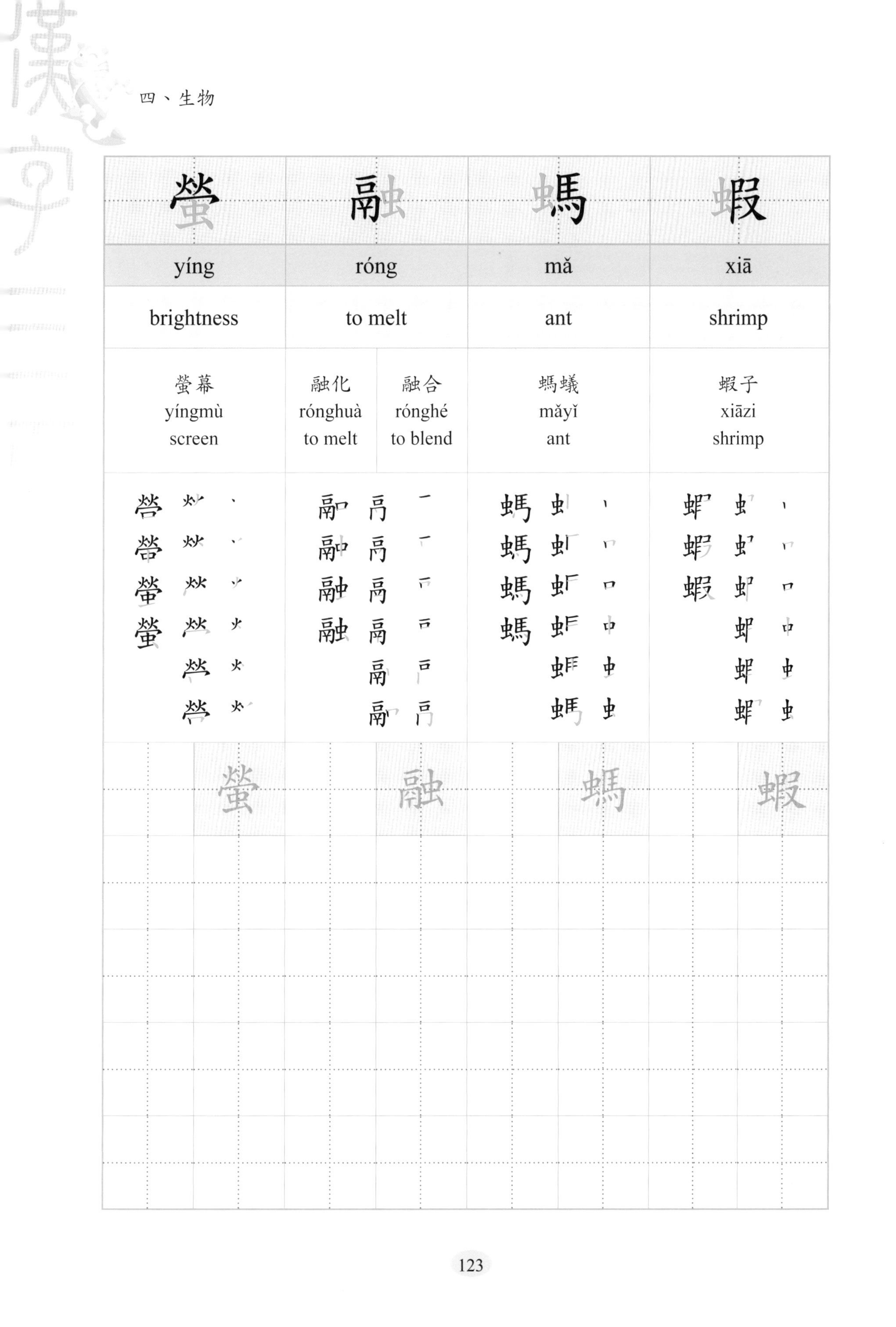

螢	融		螞	蝦
yíng	róng		mǎ	xiā
brightness	to melt		ant	shrimp
螢幕 yíngmù screen	融化 rónghuà to melt	融合 rónghé to blend	螞蟻 mǎyǐ ant	蝦子 xiāzi shrimp

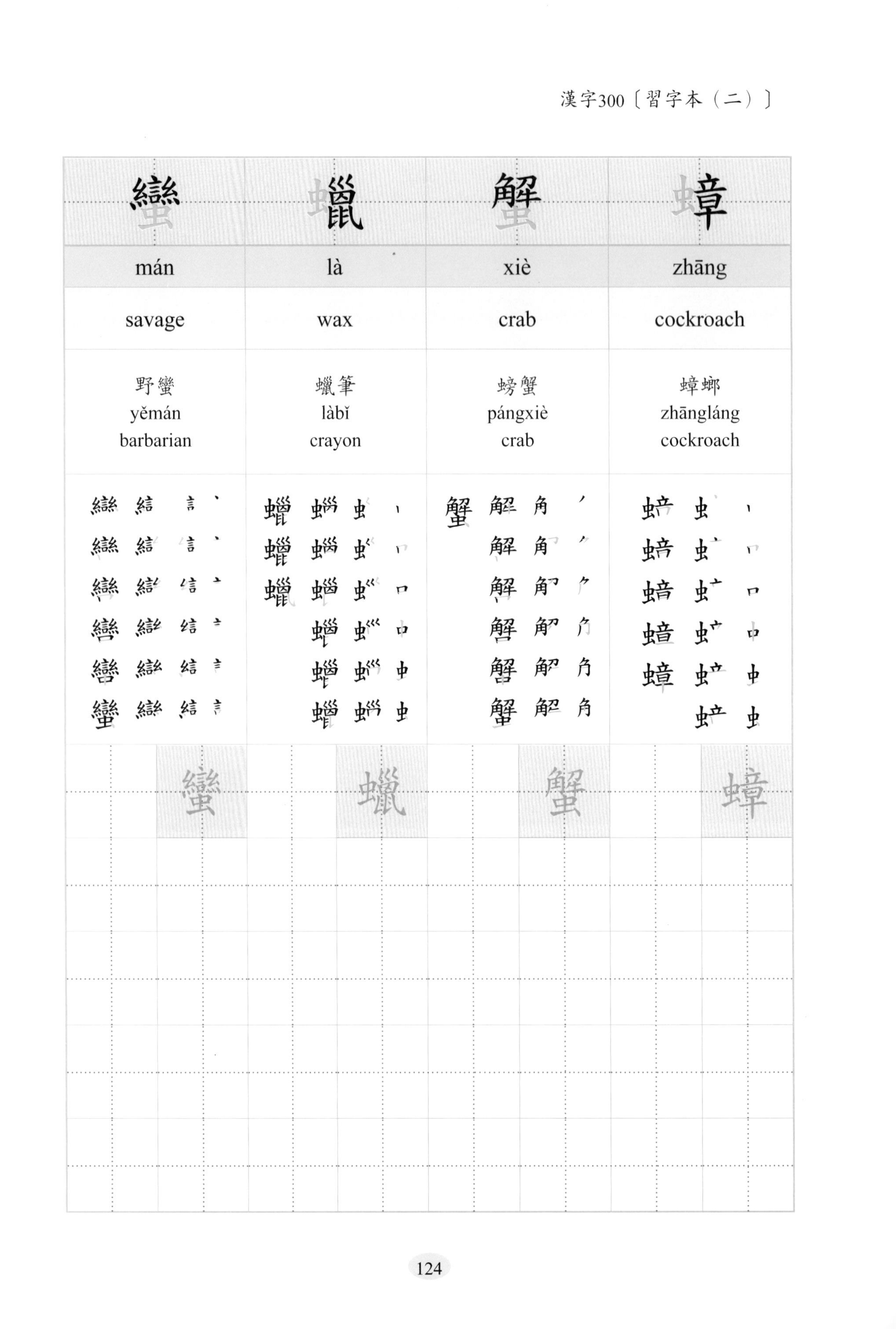

蠻	蠟	蟹	蟑
mán	là	xiè	zhāng
savage	wax	crab	cockroach
野蠻 yěmán barbarian	蠟筆 làbǐ crayon	螃蟹 pángxiè crab	蟑螂 zhāngláng cockroach

鮮		鮭	魯	
xiǎn	xiān	guī	lǔ	
rare	fresh	salmon	rash; moronity	
鮮少 xiǎnshǎo rare	海鮮 hǎixiān seafood	鮭魚 guīyú salmon	粗魯 cūlǔ rude	魯鈍 lǔdùn amentia

鮮 鮭 魯

魚部

鱗	鯨		鯊	鮪
lín	jīng		shā	wěi
scale	whale		shark	tuna
鱗片 línpiàn scale	鯨吞 jīngtūn to swallow like a whale	鯨魚 jīngyú whale	鯊魚 shāyú shark	鮪魚 wěiyú tuna

鱗 鯨 鯊 鮪

鳥部

鴉	鳳		鳴
yā	fèng		míng
crow	phoenix		the cry of insects and birds
烏鴉 wūyā crow	鳳梨 fènglí pineapple	鳳凰 fènghuáng phoenix	鳴叫 míngjiào to sound
一 二 亍 牙 牙 牙 牙 牙 牙 牙 牙 牙 鴉 鴉 鴉	丿 几 几 凡 凡 凡 凡 凡 凡 凡 凡 凡 鳳 鳳		丨 口 口 口 口 口 口 口 口 口 口 口 口 鳴 鳴

鷹		鵝	鴻		鴿
yīng		é	hóng		gē
eagle		goose	wild goose; great		pigeon
鷹架 yīngjià scaffold	老鷹 lǎoyīng eagle	天鵝 tiān é swan	鴻鳥 hóngniǎo swan goose	鴻溝 hónggōu wide gap	鴿子 gēzi pigeon

練習題

我是獵人

鯨魚

老鷹

犀牛

螃蟹

狐狸

付		今		介	
fù		jīn		jiè	
to pay		the present		between; to introduce	
付款 fùkuǎn to pay	付出 fùchū to devote	今年 jīnnián this year	今天 jīntiān today	介入 jièrù to step in	介紹 jièshào to introduce
ノ イ 仁 付 付		ノ 人 人 今		ノ 人 介 介	
	付		今		介

人部

伴	任	仿	代
bàn	rèn	fǎng	dài
to accompany	mission; to appoint	to imitate	era; substitute
同伴 tóng bàn companion 伴奏 bàn zòu accompa- niment	任務 rènwù task 委任 wěirèn to appoint	仿照 fǎngzhào to follow something as a model 仿冒 fǎngmào to fake	世代 shìdài generation 代替 dàitì instead of
伴 ノ 亻 亻 亻 亻 亻	ノ 亻 亻 仁 仟 任	ノ 亻 亻 亻 仿 仿	ノ 亻 亻 代 代
伴	任	仿	代

例	來		伸		住	
lì	lái		shēn		zhù	
example	to come to		to stretch		to cease; to live	
例子 lìzi example	來賓 láibīn visitor	來往 láiwǎng contact	伸展 shēnzhǎn to stretch	伸出 shēnchū to reach out	住手 zhùshǒu to stop	住址 zhùzhǐ address
丿 亻 亻 仁 仮 例 例	一 丆 十 オ 木 夾 來 來		丿 亻 亻 仃 们 佃 伸		丿 亻 亻 仁 仁 住 住	

例 來 伸 住

信		侵		便		保	
xìn		qīn		pián	biàn	bǎo	
to trust; letter		to invade		cheap	handy	to keep	
信心 xìnxīn confidence	信件 xìnjiàn letter	入侵 rùqīn to invade	侵害 qīnhài to violate	便宜 piányí cheap	便利 biànlì convenient	保護 bǎohù to protect	保守 bǎoshǒu conservative

信	侵	便	保
丿 亻 亻 仁 仨 信 信 信 信	丿 亻 亻 仁 伊 侵 侵 侵 侵	丿 亻 亻 仁 佰 佰 佰 佰 便	丿 亻 亻 仁 伊 伊 保 保

信 侵 便 保

傘	健		偏		借
sǎn	jiàn		piān		jiè
umbrella	to expert in; health		tilted		to borrow
雨傘 yǔsǎn umbrella	健談 jiàntán good as a conversa-tionist	健康 jiànkāng health	偏見 piānjiàn bias	偏心 piānxīn partiality	借錢 jièqián to borrow money

傘　健　偏　借

羊部

善		羞		羔
shàn		xiū		gāo
good		shame		lamb
友善 yǒushàn friendly	善良 shànliáng good	害羞 hàixiū shy	羞愧 xiūkuì ashamed	羔羊 gāoyáng lamb

善 羞 羔

義		羨	群	
yì		xiàn	qún	
justice; artificial		to admire	crowd	
正義 zhèngyì justice	義肢 yìzhī prosthetics	羨慕 xiànmù to envy	人群 rénqún crowd	群聚 qúnjù group
丶 丷 䒑 兰 羊 羊 ⺶ 羊 美 羌 義 義 義		丶 丷 䒑 兰 羊 羊 ⺶ 羊 羌 羡 羨 羨 羨	㇇ ⺕ ⺕ 尹 尹 君 君 君 君′ 君″ 群 群 群	

鬼部

魂	魁		鬼	
hún	kuí		guǐ	
soul	the chief		ghost	
靈魂 línghún soul	魁梧 kuíwú tall and strong	奪魁 duókuí to win the first place	鬼祟 guǐsuì tricky	鬼才 guǐcái genius

魔	魅	魄
mó	mèi	pò
evil	evil spirit	soul
魔鬼 móguǐ devil；魔法 mófǎ magic	魅力 mèilì charm	魂魄 húnpò spirit
丶 亠 广 广 广 广 广 广 庁 庁 庥 庥 麻 麻 磨 磨 磨 磨 魔 魔 魔	ノ ノ 白 白 白 白 鱼 白 鬼 鬼 鬼 鬼 魅 魅 魅	ノ ノ 白 白 白 白 的 的 的 的 的 的 魄 魄 魄

駁	馳		馴	
bó	chí		xún	
to refute	to run		meek; to tame	
反駁 fǎnbó to refute	奔馳 bēnchí to run	馳名 chímíng famous	溫馴 wēnxún docile	馴服 xúnfú to tame

駁　馬　丨
駁　馬　丨
　　馬　厂
　　馬　Ｆ
　　馬　Ｆ
　　駁　馬

馳　馬　丨
　　馬　丨
　　馬　厂
　　馬　Ｆ
　　馬　Ｆ
　　馳　馬

馴　馬　丨
　　馬　丨
　　馬　厂
　　馬　Ｆ
　　馬　Ｆ
　　馴　馬

駁　　馳　　馴

馬部

騙	駐	駕		駝
piàn	zhù	jià		tuó
to cheat	to encamp	to drive		camel
騙子 piànzi liar	駐守 zhùshǒu to defend	駕駛 jiàshǐ to drive	駕照 jiàzhào license	駝背 tuóbèi hunchbacked

驗		驚		驅	騰	
yàn		jīng		qū	téng	
to examine		to be frightened		to drive	to gallop; rise	
實驗 shíyàn experi- ment	考驗 kǎoyàn to test	驚訝 jīngyà surprised	驚嚇 jīngxià to shock	驅逐 qūzhú to expel	奔騰 bēnténg to surge forward	騰空 téngkōng to soar up

驗 驚 驅 騰

練習題

分類專家

五

生活㈠

部首

部首	士	子	女	糸
意義	reference to a person with respect	child	female	silk
字形	士	子	女	糸
例字	士壯壺壽	子孔孕字存	女奶好如妙妹	系紅紀約納紙

部首	舟	車	門
意義	boat	vehicle	door
字形	舟	車	門
例字	舟般航船	車軌軍軟較輕	門閃閉開閒關

士部

壺	壯	士
hú	zhuàng	shì
pot	strong	appellation; pawns
茶壺 cháhú teapot	強壯 qiáng-zhuàng strong 壯年 zhuàng nián the prime of life	女士 nǚshì madam 士兵 shìbīng soldier

壽

shòu

longevity

長壽	壽命
chángshòu	shòumìng
long-lived	life

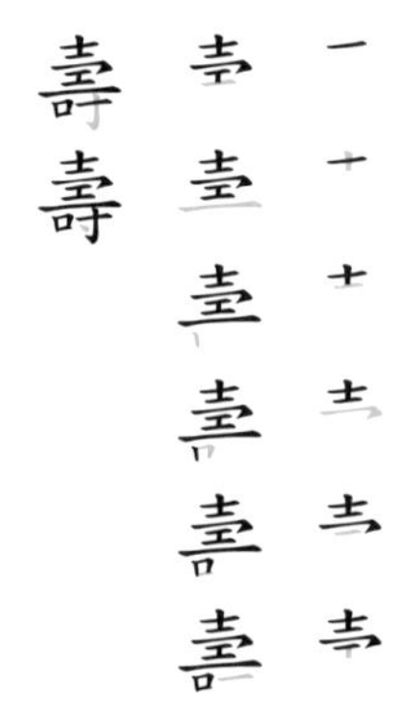

孕		孔		子	
yùn		kǒng		zǐ	
pregnant		surname; hole		granular; son	
懷孕 huáiyùn pregnant	孕育 yùnyù to breed	孔子 kǒngzǐ Confucius	孔道 kǒngdào aperture	子彈 zǐdàn bullet	子女 zǐnǚ children
丿 乃 乃 孕 孕		㇇ 了 了 孑 孔		㇇ 了 子	

孕 孔 子

子部

季		孤		存		字	
jì		gū		cún		zì	
period; season		solitary		to retain		word	
旺季 wangjì busy season	季節 jìjié season	孤單 gūdān lonely	孤兒 gūér orphan	存檔 cúndǎng to file	存在 cúnzài existence	字跡 zìjī handwriting	字典 zìdiǎn dictionary
季 季	一 二 千 千 禾 禾	孤 孤	了 了 了 子 孑 孑		一 ナ 才 㐲 存 存		丶 丶 宀 宀 字 字

孵	孫	孩
fū	sūn	hái
to hatch	grandson; surname	child
孵化 fūhuà to incubate	孫子 sūnzi grandson 孫逸仙 sūnyìxiān Sun Yat-sen	孩童 háitóng child

女部

妙		奶		女	
miào		nǎi		nǚ	
wonderful		milk		female	
妙計 miàojì clever trick	妙用 miàoyòng magical effects	奶茶 nǎichá milk tea	奶油 nǎiyóu butter	女兒 nǚér daughter	女性 nǚxìng female

姓	妻	妖	妝
xìng	qī	yāo	zhuāng
family name	wife	demon	make-up
姓名 xìngmíng name；姓氏 xìngshì family name	妻子 qīzi wife	妖怪 yāoguài monster	化妝 huàzhuāng to apply make-up

威	姿	委	始
wēi	zī	wěi	shǐ
might	appearance	to depute	the start

威脅 wēixié to threaten	威力 wēilì power	姿態 zītài posture	姿色 zīsè appear-ance	委託 wěituō to authorize	始終 shǐzhōng from first to last	開始 kāishǐ to begin

| 威
威
威 | 一
厂
厂
厂
反
反 | 姿
姿
姿 | 一
二
三
次
次
次 | 委
委 | 一
二
千
禾
禾 | 始
始 | く
く
女
女
如
如 |

	威		姿		委		始

嫁	娶	婚	婦
jià	qǔ	hūn	fù
to marry	to take as wife	to marry	woman; wife
嫁妝 jiàzhuāng dowry	娶親 qǔqīn to get married	婚姻 hūnyīn marriage	婦女 fùnǚ woman 夫婦 fūfù married couple

嬌		嫩	
jiāo		nèn	
charming		tender	
嬌羞 jiāoxiū bashful	嬌小 jiāoxiǎo petite	嫩綠 nènlǜ verdant	嫩芽 nènyá a tender shoot

糸部

紀		糾		系	
jì		jiū		xì	
discipline		to tangle; to correct		a series of	
紀錄 jìlù record	紀念 jìniàn in memory of	糾紛 jiūfēn dispute	糾正 jiūzhèng to correct	系統 xìtǒng system	系列 xìliè series

紀 糾 系

素		純		納		約	
sù		chún		nà		yuē	
vegetable; basic element		pure		to receive		appointment	
素食 sùshí vegetarian	素材 sùcái source material	單純 dānchún innocent	純樸 chúnpú simple	接納 jiēnà to accept	納涼 nàliáng enjoy the cool	約束 yuēshù restraint	約定 yuēdìng appoint-ment

終		細		累		統	
zhōng		xì		lěi	lèi	tǒng	
end		fine; thin		to pile up	tired	ruling; together	
終點 zhōngdiǎn end	終於 zhōngyú at last; finally	細心 xìxīn careful	細小 xìxiǎo thin	累積 lěijī to accumulate	疲累 pílèi tired	統治 tǒngzhì to rule	統一 tǒngyī to unify

終 細 累 統

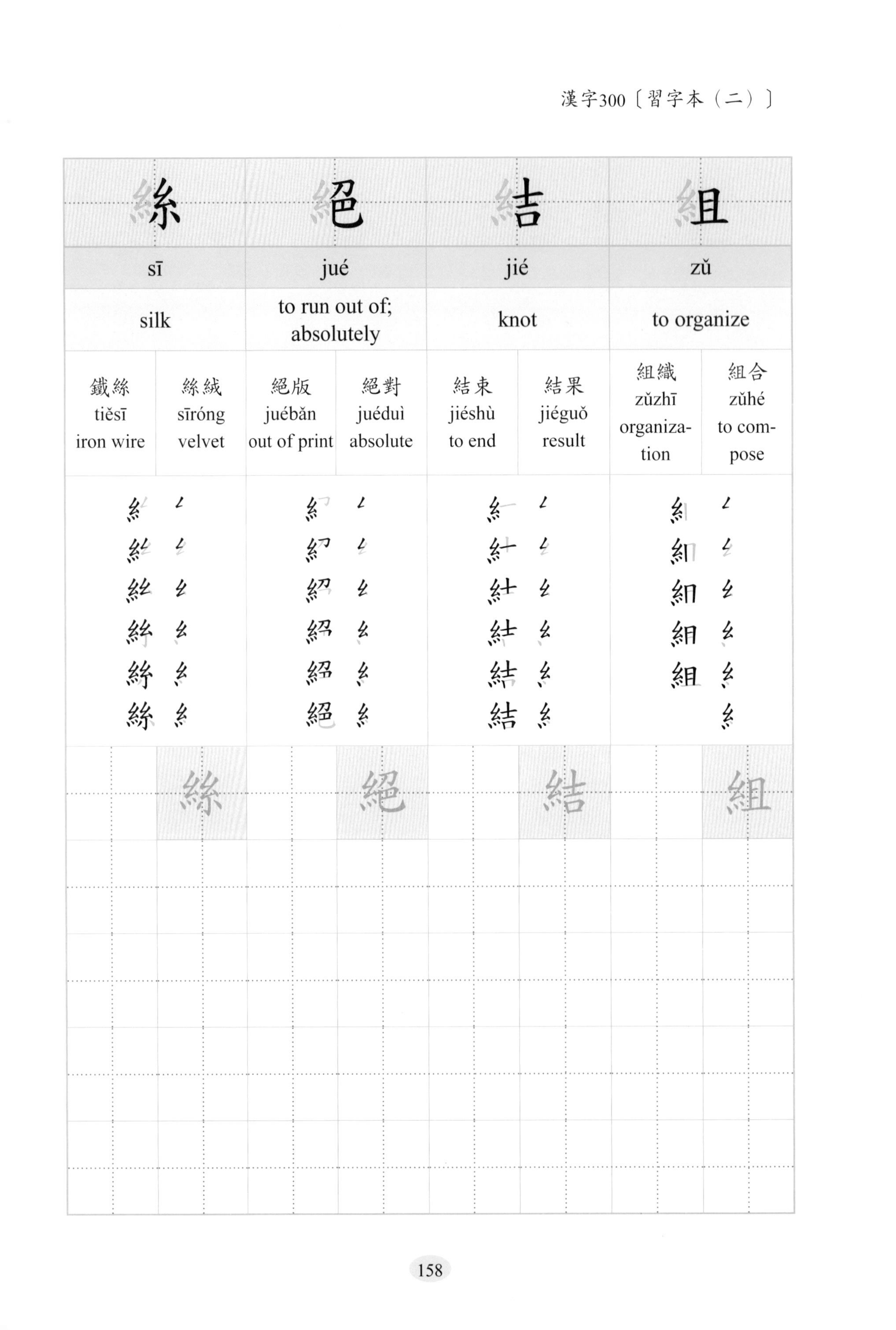

絲	絕	結	組
sī	jué	jié	zǔ
silk	to run out of; absolutely	knot	to organize
鐵絲 tiěsī iron wire; 絲絨 sīróng velvet	絕版 juébǎn out of print; 絕對 juéduì absolute	結束 jiéshù to end; 結果 jiéguǒ result	組織 zǔzhī organization; 組合 zǔhé to compose

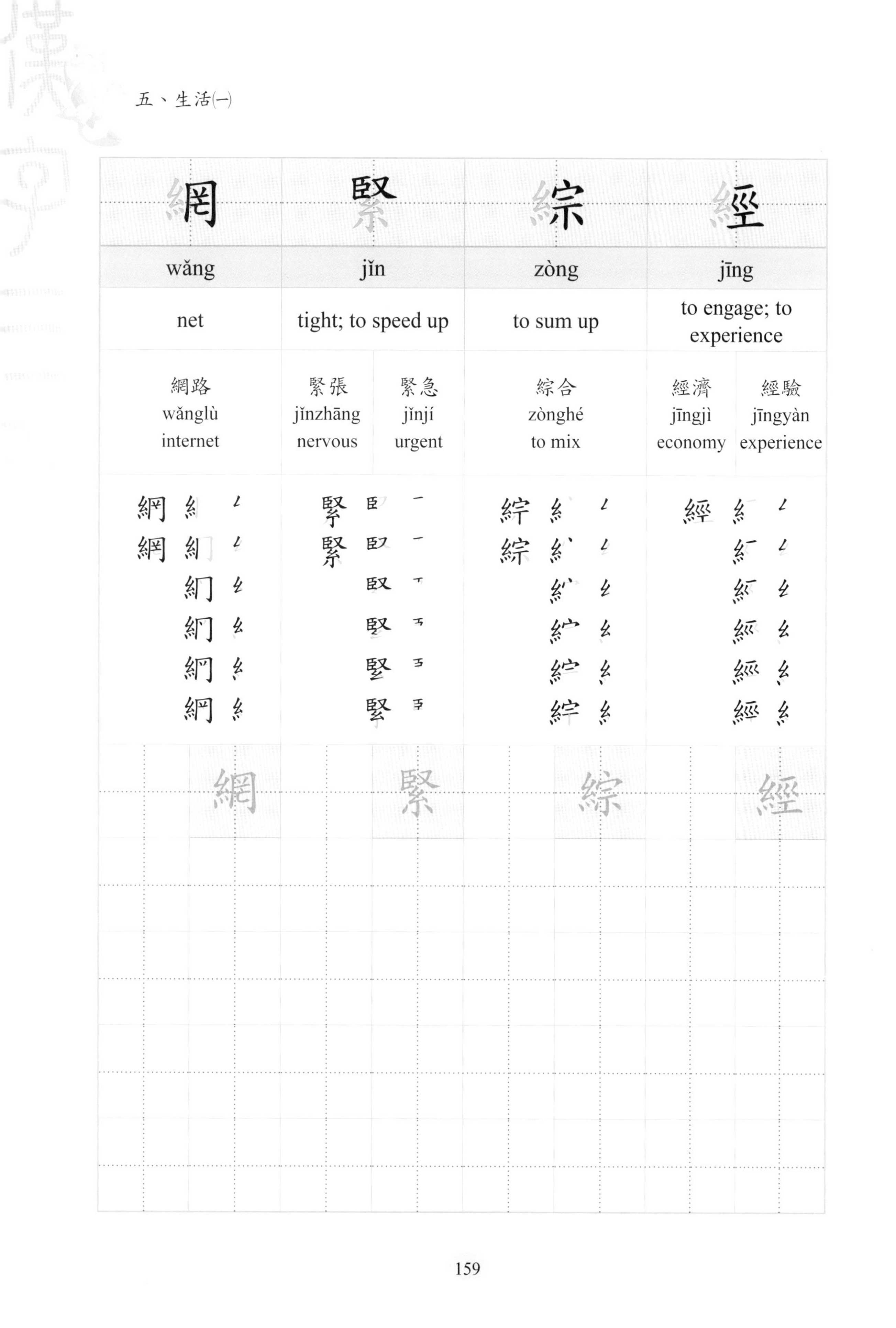

網	緊		綜	經	
wǎng	jǐn		zòng	jīng	
net	tight; to speed up		to sum up	to engage; to experience	
網路 wǎnglù internet	緊張 jǐnzhāng nervous	緊急 jǐnjí urgent	綜合 zònghé to mix	經濟 jīngjì economy	經驗 jīngyàn experience

總	線	練
zǒng	xiàn	liàn
overall	wire	to practice
總統 zǒngtǒng president 總共 zǒnggòng in total	線條 xiàntiáo line 線索 xiànsuǒ clue	訓練 xùnliàn to train 教練 jiàoliàn coach

練習題

拼音連連看

壯

hái

孩　壺　紀

zhuàng

hú　始　jì

xìng　終　zì

姓　字

shǐ　zhōng

舟部

航		般		舟
xíng		bān		zhōu
to navigate		analogous; a kind		boat
航空 hángkōng aviation	航行 hángxíng to sail	兄弟般 xiōngdìbān brotherly	一般 yībān in general	舟車 zhōuchē vessel and vehicle

航 般 舟

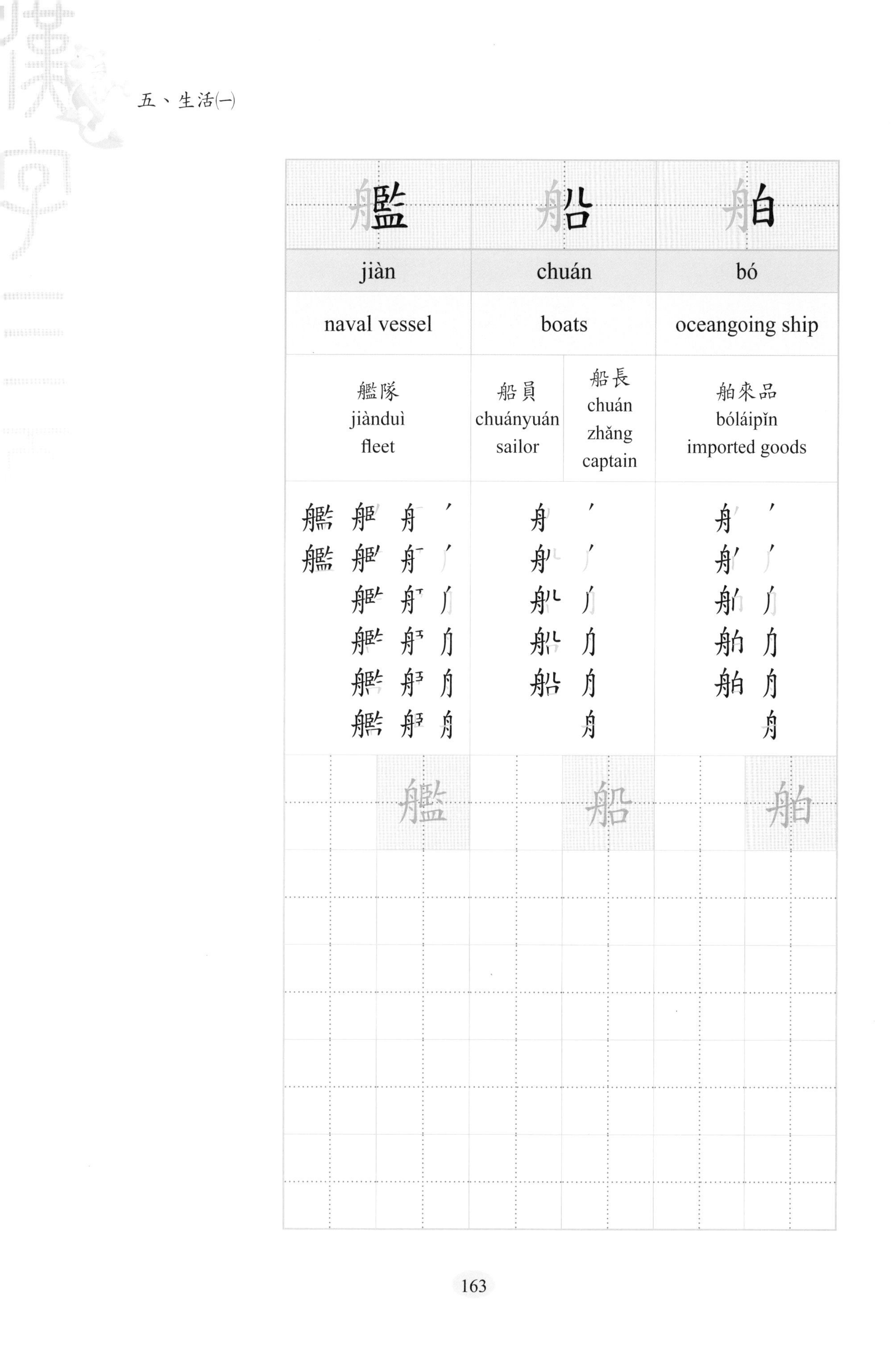

艦	船		舶
jiàn	chuán		bó
naval vessel	boats		oceangoing ship
艦隊 jiànduì fleet	船員 chuányuán sailor	船長 chuán zhăng captain	舶來品 bóláipĭn imported goods
艦	船		舶

較	軸	軍
jiào	zhóu	jūn
to compare	axis	military
比較 bǐjiào to compare; 較量 jiàoliàng to contest	軸心 zhóuxīn axle center	軍事 jūnshì military; 軍人 jūnrén soldier
一 冖 冂 冋 百 亘 車 車亠 車亢 車六 車交 較	一 冖 冂 冋 百 亘 車 車丨 車冂 車巾 車由 軸	丶 冖 冖 冖 冖 冖 冖 冖 軍

較 軸 軍

車部

字	拼音	意思	詞語
輻	fú	spoke	輻射 fúshè radiation
輪	lún	to take turns; wheel	輪流 lúnliú to take turns 輪子 lúnzi wheel
輔	fǔ	to assist	輔導 fǔdǎo guidance 輔助 fǔzhù to assist
載	zài	to carry	裝載 zhuāngzài to load
載	zǎi	measure word	千載 qiāzǎi thousand years

轟	轉	輸	輯
hōng	zhuǎn	shū	jí
to bombard	to turn	to transport; to lose	to collect
轟炸 hōngdòng to bomb 轟動 hōngdòng to cause a great sensation	轉學 zhuǎnxué to transfer to another school 轉向 zhuǎn xiàng to turn	運輸 yùnshū to transport 輸贏 shūyíng defeat or victory	編輯 biānjí to edit 專輯 zhuānjí album

閉		閃		門	
bì		shǎn		mén	
to close		to sidestep; flash		door	
閉幕 bìmù to lower the curtain	閉氣 bìqì to stop breathing	閃開 shǎnkāi to dodge quickly	閃亮 shǎnliàng flash	門禁 ménjìn entrance guard	門票 ménpiào ticket
	閉		閃		門

門部

闖	閱	閒
chuǎng	yuè	xián
to barge into	to read; to see	free; leisure
闖禍 chuǎnghuò to bring about trouble	閱讀 yuèdú to read; 閱兵 yuèbīng military parade	閒暇 xiánxiá free time; 閒人 xiánrén a person having nothing to do
丨 ｢ ｢ 戶 戶 門 門 門 門 門 門 門 闖 闖 闖 闖 闖 闖	丨 ｢ ｢ 戶 戶 門 門 門 門 門 門 門 閱 閱 閱	丨 ｢ ｢ 戶 戶 門 門 門 門 閒 閒 閒
闖	閱	閒

練習題

分類專家

六

生活㈡

部首

部首	衣	食	刀	米
意義	cloth	to eat; food	knife	rice
字形	衣、衤	食	刀、刂	米
例字	衣初衫被袋補	食飢飯飲飽養	刀分切刑利前	粉粗精糖糟糧

部首	肉	疒	宀
意義	meat	ill	roof
字形	肉、月	疒	宀
例字	肉肌肚背脫臉	疤疫病疲疼痛	它守安完定客

衣部

衰		表		初	
shuāi		biǎo		chū	
weak		surface		first	
衰弱 shuāiruò feeble	衰老 shuāilǎo old and feeble	表格 biǎogé form	表示 biǎoshì to show	初戀 chūliàn the first love	初等 chūděng elementary

製	補		裁		裂
zhì	bǔ		cái		liè
to make	to patch		to cut down; to judge		crack
製造 zhìzào to manufacture	補救 bǔjiù to redeem	補充 bǔchōng to resupply	裁員 cáiyuán to reduce the staff	裁定 cáidìng to decide	破裂 pòliè to fracture

複

fù

to repeat

複印	重複
fùyìn	chóngfù
to copy	to repeat

丶 ⺀ 礻 礻 礻 礻 礻 礻 礻 礻 礻 礻 複 複

複

食首

飲	飢	食
yǐn	jī	shí
to drink	hungry	to eat; food
飲料 yǐnliào drinks	飢餓 jīè hungry	食物 shíwù food
丿 丿 𠂉 𠆢 今 今 今 食 食 飲 飲 飲	丿 丿 𠂉 𠆢 今 今 今 食 食 飢	丿 人 人 今 今 今 今 食 食

餅	飼	飾	飽
bǐng	sì	shì	bǎo
cakes	to feed	decorations	fully

餅乾	飼養	飼料	修飾	飾物	飽滿	飽足
bǐnggān	sìyǎng	sìliào	xiūshì	shìwù	bǎomǎn	bǎozú
cookie	to feed	fodder	to decorate	ornament	full	to satisfy

餅 飼 飾 飽

餘		餐		養		餃
yú		cān		yǎng		jiǎo
surplus		meal		to grow; to maintain		dumplings
廚餘 chúyú kitchen waste	餘力 yúlì remains of strength	餐廳 cāntīng restaurant	餐具 cānjù tableware	培養 péiyǎng to train	養老 yǎnglǎo to live a retired life	水餃 shuǐjiǎo dumplings

餘 餐 養 餃

館	
guǎn	
hall	
博物館 bówùguǎn museum	旅館 lǚguǎn inn

練習題

寫寫看

shǒubiǎo →

pòliè →

chóngfù →

yǐnliào →

bǐnggān →

shuǐjiǎo →

列	切	分
liè	qiē / qiè	fēn
to line up	to cut	to divide
排列 páiliè arrange-ment; 列車 lièchē train	切合 qièhé to suit; 切除 qiēchú to cut somet-ingh away	分數 fēnshù score; 分開 fēnkāi to separate
一 一 丆 歹 歹 列	一 七 切 切	ノ 八 八 分

刀部

制	利	判	別
zhì	lì	pàn	bié
to restrict	sharp; benefit	to judge	difference; to leave
限制 xiànzhì limit 制止 zhìzhǐ to stop	利益 lìyì benefit 利用 lìyòng to use	判斷 pànduàn to judge	離別 líbié to leave 別人 biérén others
𫝀 制 丿 𠂉 ⺧ 𠂒 𠂔 𫝀	利 丿 二 千 禾 禾 禾	判 丶 丷 䒑 兰 半 半	別 丨 冂 口 口 另 另
制	利	判	別

創		剪	刺		刷	
chuāng	chuàng	jiǎn	cì		shuā	
trauma	original	to cut	splinter		brush	
創傷 chuāng shāng wound	創造 chuàngzào to create	剪刀 jiǎndāo scissors	刺青 cìqīng tattoo	刺耳 cièr ear-pierc-ing	刷牙 shuāyá to brush one's teeth	刷卡 shuā pay by credit card
丿 丿 𠆢 亼 今 今 今 户 倉 倉 倉 創		丶 丷 䒑 䒑 䒑 䒑 前 前 前 前 剪	一 𠀁 冂 币 市 朿 朿 刺		㇇ ㇇ 尸 尸 局 局 刷 刷	

創 剪 刺 刷

劇		剩
jù		shèng
play; acute		surplus
劇烈 jùliè violent	劇本 jùběn script	剩餘 shèngyú surplus

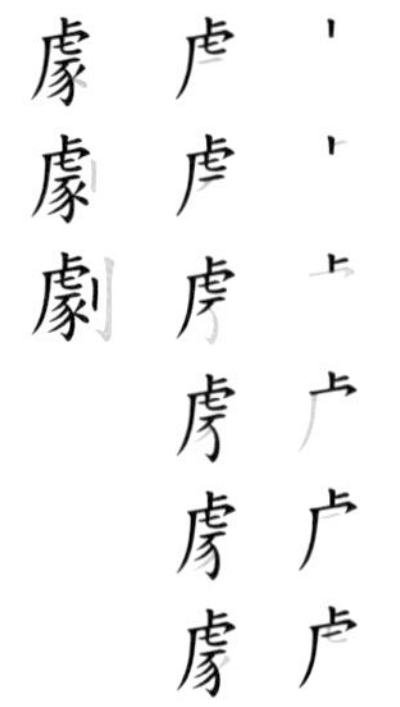

精		粗		粉	
jīng		cū		fěn	
essence		rough		powder	
精品 jīngpǐn quality goods	精心 jīngxīn elaborately	粗俗 cūsú vulgar	粗心 cūxīn careless	粉紅 fěnhóng pink	粉筆 fěnbǐ chalk

丶 丶 丷 䒑 半 米 米 米一 米二 米丰 米圭 米青 精 精

丶 丶 丷 䒑 半 米 米 籾 籾 粈 粗

丶 丶 丷 䒑 半 米 米 米八 粉 粉

精 粗 粉

米部

糧	糟		糖	
liàng	zāo		táng	
grain	rotten; waste		sugar	
糧食 liángshí grain	糟糕 zāogāo awful	糟蹋 zāotà waste	糖漿 tángjiāng syrup	糖果 tángguǒ candy

肚	肌		肉	
dù	jī		ròu	
belly	muscle		meat	
肚子 dùzi belly	肌膚 jīfū skin and flesh	肌肉 jīròu muscle	肉麻 ròumá disgusting	牛肉 niúròu beef
肚 ノ 　 刀 　 月 　 月 　 月 　 肚	ノ 刀 月 月 月 肌		丨 冂 冂 內 內 肉	
肚	肌		肉	

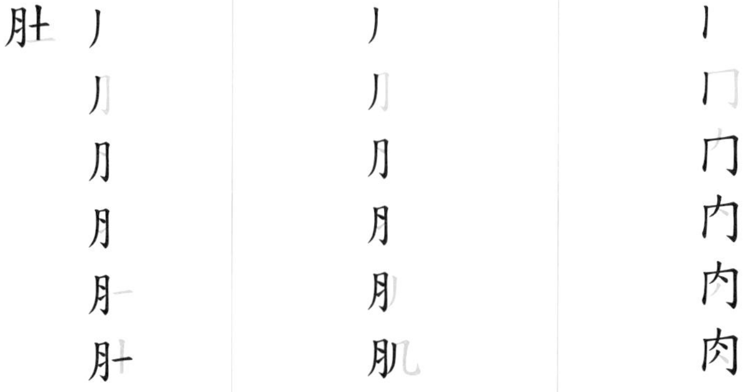

肉部

股	肥	育	肖
gǔ	féi	yù	xiào
share; thigh	fat	to give birth to; to educate	to resemble
股票 gǔpiào stocks; 屁股 pìgǔ bottom	肥胖 féipàng fatness	養育 yǎngyù raise; 教育 jiàoyù to educate	肖像 xiàoxiàng portrait
丿 丿 月 月 月 月' 股 股	丿 丿 月 月 月 月 肥 肥	一 亠 云 产 育 育 育	丨 丨 丨 丨 肖 肖 肖

股 肥 育 肖

胡	背		肩	肯
hú	bèi	bēi	jiān	kěn
Hu nationality; reckless	backside		shoulder	to be willing to
胡椒 húјiāo pepper; 胡說 húshuō to babble	背景 bèijǐng back-ground	背包 bēibāo backpack	肩膀 jiānbǎng shoulder; 肩負 jiānfù to bear	肯定 kěndìng to confirm
一 十 古 古 古 古 刮 胡 胡	丨 丨 ㇀ ㇀ 北 北 背 背 背		㇒ 厂 厂 户 户 户 肩 肩	丨 ト ト 止 止 止 肯 肯

脫	能	脈	胃
tuō	néng	mài	wèi
to take off	ability	pulse; mountain range	stomach
脫逃 táotuō to escape; 脫水 tuōshuǐ dehydration	能源 néngyuán energy; 能力 nénglì ability	脈搏 mòbó pulse; 山脈 shānmài mountains	胃口 wèikǒu appetite

臉	腦	腐
liǎn	nǎo	fǔ
face	brain	rotten
笑臉 xiàoliǎn smiling face / 臉色 liǎnsè complex-ion	腦袋 nǎodài brain	腐敗 fǔbài decayed
丿 刀 月 月 月 月 肸 肸 朌 脸 脸 脸 臉 臉 臉 臉 臉	丿 刀 月 月 月 月 月 ⺼ 腦 腦 腦 腦 腦	丶 亠 广 广 广 广 府 府 府 府 府 腐 腐 腐

練習題

看圖連連看

背包　剪刀　笑臉

糖果　列車　刺青

宀部

安	守	宅
ān	shǒu	zhái
quiet; peaceful	to guard	mansion
平安 píngān peaceful 安全 ānquán safe	看守 kānshǒu to watch 守法 shǒufǎ to observe the law	住宅 zhùzhái house
、	、	、
、	、	、
丷	丷	丷
宀	宀	宀
宀	宀	宀
安	守	宀

安 守 宅

客	官	完	宇
kè	guān	wán	yǔ
guest	officer	complete	space
客氣 kèqì polite; 客人 kèrén guest	官員 guānyuán official; 官方 guānfāng official	完美 wánměi perfect; 完工 wángōng to be finished	宇宙 yǔzhòu the universe
丶 丶丶 宀 宀 夕 夂 安 客 客	丶 丶丶 宀 宀 宀 宀 官 官	丶 丶丶 宀 宀 宀 宇 完	丶 丶丶 宀 宀 宀 宇

客 官 完 宇

容	害	宮	宣
róng	hài	gōng	xuān
to contain; appearance	to damage; to harm	palace	to announce
容貌 róngmào appearance 容忍 róngrěn to endure	受害 shòuhài to fall victim 害怕 hàipà to fear	宮殿 gōngdiàn palace	宣洩 xuānxiè to let off 宣布 xuānbù to announce

容 害 宮 宣

寒		寄		寂	密	
hán		jì		jí	mì	
cold		to mail; to entrust		quiet	close; secret	
寒流 hánliú cold current	寒冷 hánlěng cold	寄信 jìxìn to send a letter	寄生 jìshēng parasitism	寂寞 jímò lonely	密封 mìfēng to seal up	祕密 mìmì secret

寶	實	寓
bǎo	shí	yù
treasure	true	to live; to entrust

寶寶 bǎobao baby	寶貝 bǎobèi treasure	實心 shíxīn not hollow	實力 shílì strength	公寓 gōngyù apartment	寓意 yùyì implica- tion

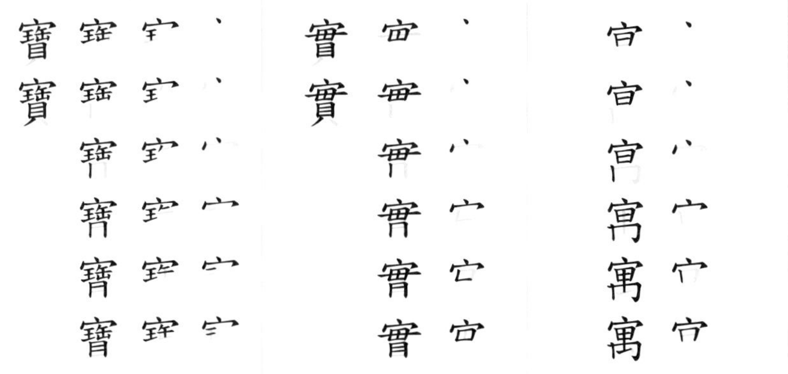

寶 實 寓

疲		病		疤
pí		bìng		bā
tired		ill		scar
疲劳 píláo fatigue	疲乏 pífá weary	生病 shēngbìng to fall ill	病人 bìngrén patient	疤痕 bāhén scar
丶 亠 广 广 疒 疒 疒 疒 疒 疲		丶 亠 广 广 疒 疒 疒 疔 病 病		丶 亠 广 广 疒 疒 疒 疖 疤

疒部

痕		症	疾		疼	
hén		zhèng	jí		téng	
scar; trace		disease	disease; fast		ache	
傷痕 shānghén scar	痕跡 hénjī trace	症狀 zhèng zhuàng symptom	疾病 jíbìng disease	疾馳 jíchí gallop	疼痛 téngtòng ache	疼惜 téngxí to love dearly
丶 丶 广 广 疒 疒 … 痕		丶 丶 广 广 疒 疒 … 症	丶 丶 广 广 疒 疒 … 疾		丶 丶 广 广 疒 疒 … 疼	

療	瘋	痛	
liáo	fēng	tòng	
to cure	insane	pain; extremely	
治療 zhìliáo to cure	瘋狂 fēngkuáng crazy	痛苦 tòngkǔ pain	痛快 tòngkuài very joyful
丶 亠 广 广 疒 疒 疒 疾 疾 疾 疾 瘩 瘩 瘩 療	丶 亠 广 广 疒 疒 疒 疯 疯 疯 疯 瘋 瘋 瘋	丶 亠 广 广 疒 疒 疒 疒 疒 痄 痄 痛	

療 瘋 痛

練習題

寫寫看

āngquán　　hàipà

jìxìn　　téngtòng

jíbìng　　zhìliáo

Note

Note

Note

國家圖書館出版品預行編目資料

漢字300〔習字本(二)〕／楊琇惠著.--二版.--臺北市：五南圖書出版股份有限公司,2023.10
面；　公分
ISBN 978-626-366-589-7（平裝）

1.漢字

802.2　　112015011

1X7U

漢字300
習字本(二)

作　　者— 楊琇惠（317.4）
編輯助理— 李安琪
發 行 人— 楊榮川
總 經 理— 楊士清
總 編 輯— 楊秀麗
副總編輯— 黃惠娟
責任編輯— 陳巧慈
封面設計— 姚孝慈
出 版 者— 五南圖書出版股份有限公司
地　　址：106台北市大安區和平東路二段339號4樓
電　　話：(02)2705-5066　　傳　　真：(02)2706-6100
網　　址：https://www.wunan.com.tw
電子郵件：wunan@wunan.com.tw
劃撥帳號：01068953
戶　　名：五南圖書出版股份有限公司
法律顧問　林勝安律師
出版日期　2016年 1 月初版一刷
　　　　　2023年10月二版一刷
定　　價　新臺幣330元